**Annalisa Stancanelli**

# ARCHIMEDE E L'ENIGMA DELLA SFINGE

Youcanprint *Self - Publishing*

Titolo | Archimede e l'enigma della Sfinge
Autore | Annalisa Stancanelli
ISBN | 978-88-93064-94-1



Youcanprint Self-Publishing
Via Roma, 73 – 73039 Tricase (LE) – Italy
www.youcanprint.it
info@youcanprint.it
Facebook: facebook.com/youcanprint.it
Twitter: twitter.com/youcanprintit

A nonno Graziano che amava l'Africa

A Marco, Gabriele, Gianluca

A Cristiano, Robertina, Pierluigi

Agli amici di sempre

# ANTEFATTO

Piana di Giza

213 a.C.

Il Guardiano della Camera di Thot era pronto; la macchina era stata provata e ricaricata. Doriteo terminò di bendare le mani ferite e contemplò con tristezza i due schiavi che aveva dovuto sacrificare e che giacevano morti ai suoi piedi, orribilmente feriti.

Il Guardiano era un congegno mortale, ma così doveva essere. Uscito dall'ingresso sotterraneo, la pesante porta di pietra si chiuse in attesa di un nuovo arrivo mentre la Sfinge sorvegliava dall'alto le mosse dell'uomo e vigilava sulle magnifiche piramidi. Altri schiavi portarono via i loro compagni morti e li caricarono su un carro, in silenzio, mentre il sole si nascondeva dietro la faccia della Sfinge dove sembrava apparire un ghigno crudele.

La sabbia sotto i piedi di Doriteo si tinse di sangue e striature rossastre colorarono il sentiero che dalla spianata delle Piramidi portava all'ingresso sotterraneo.

Subito si alzò un vento improvviso che mescolò i granelli dorati con quelli rossi; poi li sollevò come se fossero una nuvola di sangue.

Alessandria

Nelle carceri, in quello stesso istante, un prigioniero giaceva per terra nella stanza delle torture, ferito e minacciato di morte. L'odore di muffa e di escrementi umani e animali rendeva l'aria irrespirabile. Una maschera di Seth pendeva insanguinata da un ferro nella parete.

Il prigioniero aveva lo sguardo allucinato di chi aveva visto da vivo il regno di Anubi. Aveva l'espressione di un uomo che aveva visitato il luogo dei morti riservato ai malvagi ma che per qualche motivo era stato rimandato indietro. Non riusciva a proferire parola, nemmeno a lamentarsi. Guardava terrorizzato una serie di ampolle piene di veleno.

# CAPITOLO 1

Siracusa 213 a.C.

Le acque cristalline del Porto Grande brillano al sole di Siracusa, la bella città di Artemide amata da dei e sapienti.

Lo scudo d'oro del Tempio di Athena da lontano sembra un miraggio per i naviganti che si beano dei riflessi cangianti del prezioso dono fatto alla Dea protettrice della città.

Nei pressi delle banchine del porto marinai mezzi nudi con i muscoli levigati luccicanti nel sole scaricano merci da innumerevoli navi, provenienti da tutti i paesi del Mediterraneo. I mercanti ricontrollano i carichi in partenza e vigilano su quelli in arrivo, meretrici e donne di malaffare avvicinano coloro che sbarcano dalle imbarcazioni più lussuose.

Da una snella quadriremi scende tremolante un vecchio vestito di bianco, con le mani bendate e un gigantesco copricapo. La barba bianca gli scende morbida sul petto.

Un giovane, di carnagione olivastra, con i capelli neri, asciutto come un'acciuga, e un gigantesco schiavo nero, altissimo, con la testa rasata che luccica al sole, gli si avvicinano.

«Il mio Maestro ti saluta, saggio Doriteo, e ti attende nella sua umile dimora. Non è venuto di persona perché stava terminando un complicato calcolo. Il mio nome è Daniele lui è Megarèo. Non abbiamo carro, mi dispiace, ma la dimora del Maestro non è lontana» disse inchinandosi il giovane bruno .

Doriteo guarda verso l'alto; lo schiavo nero è così imponente che gli oscura il Sole, peccato, aveva tanta voglia di rivedere l'amico Archimede.

Davanti agli occhi gli scorrono le immagini delle giornate lunghe e ricche di soddisfazioni trascorse a studiare le reazioni degli elementi, le proprietà delle piante e degli umori degli animali, i pericoli dei veleni. E poi le serate che si chiudevano gustando la selvaggina del deserto e bevendo della buona birra attorno a un tavolo discutendo di meccanica e astronomia, di numerologia e composti magici; non era semplice allontanare l'amico siracusano da Conone, Ctesibio e Dositeo con i quali trascorreva tutte le mattine ma Archimede era curioso di natura, tutto l'Universo lo affascinava e in Doriteo trovava un geniale inventore, un appassionato di medicina e farmacologia.

Quanti ricordi!

Doriteo sente il peso degli anni e la fatica degli ultimi mesi, le preoccupazioni e i rimproveri di Teofrasto, poi quelle morti insensate e infine quel viaggio terribile per mare e la calura opprimente. La stanchezza lo coglie d'improvviso e Daniele lo vede pian piano afflosciarsi come un fiore senza nutrimento. Con somma delicatezza Megarèo lo sostiene e lo prende in braccio come fosse un bambino ammirando il medaglione di lapislazzulo blu che gli pende dal collo. A Daniele, che rimane per un attimo distratto dalle mani bendate del vecchio, resta il compito di portare il bagaglio dell'anziano sapiente da cui fuoriescono alcuni rotoli di papiro.

# CAPITOLO 2

Alessandria d'Egitto

Qualche mese prima

«Gli ultimi trattati di Archimede sono pronti», disse l'uomo in piedi davanti a un immenso tavolo pieno di papiri srotolati. Era alto e snello, i capelli neri lucidi, gli occhi scuri intensi, portava una tunica candida e sandali in cuoio. Al centro del petto un medaglione con l'effige del dio Thot.

Dalla penombra che avvolgeva un angolo della Sala giunse una voce flebile. «Sai cosa fare, Filostrato, e che sia celere il tuo viaggio».

Teofrasto distolse lo sguardo dal papiro che stava leggendo e rivolto al suo attendente disse «Il compito che ti attende è pericoloso ma fondamentale per la nostra Causa, ora vai».

Bastò un cenno della mano per congedare l'uomo, poi Teofrasto, uno dei più celebri matematici della Biblioteca di Alessandria, tornò a leggere un documento che catturava tutta la sua attenzione.

Filostrato drizzò il busto e indietreggiò lentamente per poi chinarsi nuovamente davanti all'uscio per l'ultimo ossequio al vecchio sapiente. Minuto, con i capelli candidi come la neve che teneva molto corti, Teofrasto, per chi non lo conosceva sembrava un innocuo vecchietto.

L'uomo era ormai quasi completamente curvo, magro e tremante ma il suo sguardo parlava per lui. Fermo, brillante, capace di inchiodare l'interlocutore. Teofrasto rivestiva l'incarico di Supremo Custode della Camera di

Thot, l'erede di una schiera di saggi venerati in tutto il mondo conosciuto, coltissimi nella matematica, nelle scienze e nell'astronomia, difensori del tesoro più grande della Biblioteca. In un luogo segreto dedicato al dio Thot erano conservati tutti gli originali dei manoscritti del celebre Bruchium e dei documenti che, in seguito a una legge di Tolomeo, i comandanti delle navi che approdavano ad Alessandria dovevano lasciare in cambio delle copie; il famoso Fondo delle Navi.

Il silenzio della sala fu interrotto dalle parole di un altro vegliardo che si alzò dal grande tavolo sommerso da rotoli di papiro e si avvicinò a Teofrasto. Anche lui abbigliato con una tunica, i capelli lunghi e candidi che si appoggiavano sulle spalle e una barba bianca come il latte delle asine che le bellissime donne della corte usavano per mantenere la pelle perfetta, l'uomo si mosse facendo ondeggiare la sua collana, che aveva al centro il simbolo del dio Thot scolpito su un grande lapislazzulo blu.

Il filosofo Dositeo di Pelusio si rivolse al Custode a cui lo legava una lunga amicizia.

«Quando troverai un po' di tempo per me? Dobbiamo ancora rispondere ai quesiti di Archimede sul teorema di Aristarco. Il suo ultimo messaggio è arrivato mesi fa, rimandiamo da tempo la risposta. L'argomento è interessante, persino Eratostene è rimasto interdetto dagli studi astronomici dell'amico di Siracusa che attende le nostre argomentazioni sull'eliocentrismo».

Nell'esortare Teofrasto a riprendere il dialogo epistolare con Archimede, interrotto ultimamente a causa della sorveglianza sempre più stretta sulle attività della Biblioteca, Dositeo fu preso dai ricordi che lo legavano al famoso matematico. Non avrebbe mai dimenticato i giorni trascorsi insieme quando erano studenti di Conone.

«Archimede merita la nostra attenzione; tutte le volte che gli abbiamo chiesto  aiuto e consigli si è sempre mostrato disponibile» aggiunse Dositeo.

«Conosco bene il valore dell'amico siracusano ma ben altre questioni mi preoccupano». Teofrasto chiuse con aria stanca il papiro che stava consultando, si alzò e iniziò a passeggiare nervosamente per la Sala accarezzandosi il medaglione d'oro che portava sul petto, anch'esso effige del dio Thot.

«Eratostene sovrintende la Biblioteca ma come sai è ben più gravoso il compito che mi è stato riservato. La difesa e l'arricchimento della Camera di Thot con il Fondo delle Navi e la trascrizione di tutte le opere più pregevoli che i "fratelli" scienziati di tutto il mondo conosciuto ci inviano. L'incarico è tanto più pericoloso per la sua segretezza. Sento che i miei giorni stanno giungendo al termine e ancora non abbiamo completato l'apparato di sicurezza della Camera».

Teofrasto continuò il suo lungo discorso mentre sistemava alcuni papiri in una nicchia del muro dedicata all'astronomia, voltandosi a guardare Dositeo.

«I sospetti del sovrintendente sono sempre più forti, noi siamo di numero esiguo per tradizione e deboli di fronte al potere. Filolao è già stato nelle segrete di Tolomeo per il solo sospetto del trasferimento di alcuni papiri. Dei copisti segreti e dei fabbri nessuno deve saper nulla!». Teofrasto continuò a muoversi angosciato per la stanza agitandosi al solo pensiero di una possibile scoperta della loro seconda attività nella Biblioteca.

«Come preservare un così grande tesoro del sapere?» chiese a se stesso  Teofrasto corrugando la fronte.

«Il nostro segreto deve essere affidato a qualche altro scienziato, un uomo integerrimo e amante della scienza. Se noi fossimo imprigionati o uccisi nessuno potrebbe mai continuare a nutrire la Camera e il Tesoro».

Il Custode mentre si muoveva sovrappensiero inciampò e fu sostenuto da Dositeo. D'un tratto prese con forza il polso dell'amico quasi cercando un' infusione di energia e forza.

«Archimede, ecco la risposta, solo Lui può aiutarci. Dositeo, convoca tuo fratello».

Dopo queste parole pronunciate con rinnovata energia, quasi si fosse liberato da un grande peso, il vecchio matematico si sedette al tavolo prendendo con delicatezza alcuni fichi succosi e profumati da un vassoio, lasciando Dositeo senza parole.

Teofrasto non aveva mai voluto incontrare Doriteo di Pelusio, *il meccanico* lo chiamava, in senso spregiativo, e gli affidava solo attraverso ordini scritti la costruzione di congegni meccanici e di misurazione.

Questo atteggiamento verso suo fratello faceva soffrire il filosofo ma non ne aveva mai fatto parola con l'amico.

«Perché questa improvvisa decisione? Dimmi se hai qualche rimprovero da muovergli, gli parlerò io. L'hai già umiliato con la tua lettera per il ritardo nella costruzione del Guardiano!»

«Non posso ancora rivelarti il mio progetto. Convocalo, te ne prego» ripetè Teofrasto. «Dositeo, perdonami se qualche volta sono stato troppo duro ma questo compito ha segnato la mia vita. Puoi chiamare Fileide?» aggiunse ancora il vecchio con un pallido sorriso dopo essersi schiarito la voce.

Congedato da Teofrasto, che si era rialzato alla ricerca di qualche documento, e ancora sorpreso dallo strano e insolito invito rivolto al fratello "meccanico", artefice della costruzione e difesa della Camera di Thot, Dositeo si diresse verso l'uscita della Sala grande, la varcò e dietro la porta trovò seduto in una strana posizione l'assistente di Teofrasto.

Non si trattava di uno scriba come gli altri, il prezioso segretario di Teofrasto era una fanciulla, Fileide, unica donna ammessa nelle stanze segrete della Biblioteca e in grado di leggere e scrivere in tutte le lingue conosciute. La ricordava ancora bambina quando negli anni felici in cui Archimede era tornato ad Alessandria spesso li cercava nei giardini della Biblioteca, li invitava a giocare con lei e si divertiva delle strane filastrocche che il siracusano componeva al momento con i numeri più disparati per farla divertire. Archimede aveva inventato e costruito per lei anche uno strano gioco a incastro, che però era rimasto senza nome o perlomeno ognuno lo chiamava in modo diverso; era stato Doriteo che, dopo la partenza di Archimede, ne aveva realizzato altre copie.

La bimba vivace e intelligente era poi diventata una fanciulla sottile come un giunco e felina nei movimenti, solo le lunghe ciglia e lo sguardo azzurro rivelavano il suo sesso.

Dopo un affettuoso saluto e un abbraccio, Dositeo disse alla giovane che il padre aveva chiesto di lei.

Fileide ripose il papiro su cui stava pennellando strani segni e si alzò riflettendo su quale fosse il nuovo compito che Teofrasto intendeva affidarle; la sua abilità era stata spesso molto utile alla Camera di Thot.

## CAPITOLO 3

Siracusa

Molti anni prima

In uno splendido giardino Ierone II liba del nettare di Hybla da una coppa finemente cesellata; due serve agitano verso di lui foglie di palma e un musico lo allieta con una dolce melodia. Un altro schiavo vicino a una fonte declama versi di Teocrito alle donne della sua corte.

Prima di recarsi nell'angolo del giardino da lui prediletto per incontrare il suo amico Archimede il sovrano era stato seduto a lungo nella tribuna d'onore del Teatro dove alcuni attori provavano una commedia di Epicarmo che doveva essere rappresentata in suo onore.

Il Grande Teatro era per lui il gioiello più grande. Dopo le modifiche che aveva apportato all'originaria costruzione di Myrilla era divenuto ancora più imponente e straordinario per la sua bellezza. Dotato di un'acustica perfetta sembrava nascere dall'anima di pietra del colle Temenite; la cavea costituita da 67 ordini di gradini, il diazoma a metà altezza con inciso il suo nome accanto a quello delle divinità più importanti, la grotta del Ninfeo in alto, sulla terrazza, che lui aveva trasformato nel "regno" delle Muse ornandolo con meravigliose divinità femminili, aggraziate e seducenti.

Il Teatro lo rilassava e lo aiutava a concentrarsi; quando doveva prendere importanti decisioni mandava via tutti, cercava la solitudine e ammirava dall'alto del teatro la baia e l'isola di Ortigia. Spesso in quelle occasioni cruciali per il suo regno mandava a chiamare Archimede che non mancava mai di farlo attendere.

Lo scienziato prima si fermava davanti all' Ara, la più grande del mondo greco, dove durante le feste Eleuterie si sacrificavano 450 tori contemporaneamente, ne ammirava i due ingressi laterali con i telamoni colorati, la grandezza del basamento, lungo più di 200 metri e largo 20, e la meravigliosa decorazione che correva tutt'intorno poi si metteva a immaginare poderose macchine per sollevare gli animali durante i sacrifici e sveltire i rituali dei sacerdoti.

Ierone II sorrise fra sé, attendendo il vecchio matematico, ripensando a quante volte l'aveva fatto cercare dai suoi soldati e consiglieri per conferire con lui in merito a problemi sorti con l'argano, con la costruzione della magnifica Syrakosia, con la sistemazione del porto Lakkios. Archimede era stato di volta in volta "recuperato" dai suoi dentro la grotta a Orecchio delle Latomie, che lo affascinava per le sue caratteristiche acustiche, nella scuola filosofica sorta accanto al Tempio di Apollo, mentre dibatteva con i maestri giunti da Alessandria di astronomia e cosmologia, o ancora nei pressi del Tempio di Athena. Il sacerdote più anziano gli aveva chiesto un congegno particolare per la stanza del tesoro dopo che Archimede gli aveva regalato quello straordinario orologio che era diventato l'orgoglio della città.

E che dire di quella volta che era sparito per più di un mese senza dire niente ai suoi amici, al suo re ed ai suoi parenti? Si era imbarcato su una nave e aveva fatto un "giro", come aveva detto lui, nel Mar Mediterraneo per provare una nuova "macchina" per orientarsi durante la navigazione; uno strano congegno a due quadranti con simboli astronomici e zodiacali. A detta dei marinai Archimede era stato in grado di calcolare la durata dei giorni, la posizione delle stelle, parte del ciclo lunare anticipando i tempi di percorrenza del tragitto fra i vari porti che avevano toccato dalla Sicilia al Nord Africa.

A suo dire il congegno era ancora da perfezionare e non aveva voluto mostrarlo a nessuno; era stato il comandante dell'imbarcazione a raccontargli la vicenda quando l'aveva riportato a Siracusa; a Ierone II spettava solo il compito di pagare l'affitto della nave.

Archimede, in virtù del favore del Re, era considerato un mito in tutto il regno di Ierone II, per lui bastava chiedere.

*Tutti desideravano l'aiuto e la consulenza del matematico* pensava il sovrano sorridendo, impazzivano i bambini per lui che creava sempre giochi nuovi e per i rampolli della casa reale realizzava straordinari modellini bellici e attrezzature sportive indistruttibili, giavellotti e pesi in elettro, protezioni per il corpo leggere e resistenti.

Pensare ad Archimede era come pensare al Vulcano che ogni tanto si faceva sentire laggiù a Katane.

Ierone II manda giù un altro sorso della sua bevanda iniziando a spazientirsi per l'attesa. Vicino al basamento di una piccola Sfinge, intanto, accanto al figlio Gelone, il nipote Geronimo posa lo Stomachion e insieme a un amico si sfida in un gioco che assomiglia alle bocce e lancia orgogliosamente le sferette che gli sono state costruite da Archimede in persona.

Il tiranno di Siracusa riposa vicino alla piccola ara di Athena e spesso i suoi occhi si soffermano su un meraviglioso planetario dorato circondato da un globo di vetro che ruba i raggi al Sole e li trasforma in magici arcobaleni.

«Archimede, sei arrivato finalmente!» esclamò il re, osservando con stupore le vesti del vecchio, sporche di sabbia.

«Per Zeus, Ierone; cosa accade di così urgente da disturbarmi mentre sono in spiaggia a lambiccarmi con i granelli di sabbia?» disse irritato Archimede, scuotendo le vesti piene di rena.

«Come? Osi anteporre la sabbia al tuo re?» replicò scherzosamente Ierone II, lontano cugino da parte di madre dello scienziato.

«Non voglio perdere tempo a spiegarti cosa stavo studiando. Di cosa hai bisogno?» borbottò Archimede contrariato per esser stato distolto da difficili e arditi calcoli. L'ultimo suo lavoro, *l'Arenario*, si stava rivelando interessantissimo. Lo avrebbe dedicato a Gelone.

«Questa volta, Archimede, non ho bisogno di nulla. Sei qui perché ho trovato il modo migliore per ringraziarti di questa macchina meravigliosa che mi fa sentire Zeus quando la guardo. Fate entrare i regali» disse imperiosamente il tiranno a due ancelle che attendevano in silenzio dietro un olivo alle sue spalle.

D'un tratto gli occhi di Archimede e di tutti i presenti furono catturati da una figura scura e gigantesca che oscurava un corpo più piccolo, che sembrava sparire a suo confronto.

«Vedo che i miei doni ti lasciano senza parole! Ti presento Megarèo, il nubiano, schiavo fortissimo e docile e Daniele di Giudea, scriba della Biblioteca di Alessandria, esperto di tutte le lingue del mondo conosciuto e abile matematico. La sorte lo volle schiavo ma l'intelletto lo rende superiore agli altri come lui; Daniele è la voce di Megarèo a cui i mercanti di schiavi hanno tagliato la lingua durante una ribellione. Prendili, sono tuoi».

«Ierone, non ho tempo per badare agli schiavi, io» replicò Archimede.

«Archimede, stavolta ti ho battuto in intelligenza; saranno loro a badare a te. Sappiamo tutti quanto poco ti curi della tua salute. Non discutere. Ora, se vuoi, torna pure a contare i granelli di sabbia» aggiunse il tiranno schernendo una delle ultime stranezze del vecchio genio .

Archimede, più preoccupato del tempo perduto e delle congetture matematiche sfumate, che delle conseguenze della sua decisione, fece un breve cenno ai due nuovi ospiti della sua disordinatissima dimora (dove trionfavano papiri e strani aggeggi e non si trovava mai un buco per appoggiare vivande e indumenti) e, abbozzando un ringraziamento stiracchiato al tiranno, si ritirò a casa.

La fortuna come l'intelligenza era dalla sua; da quella sera nella domus Archimedea non mancò più un pasto caldo, i creditori non disturbarono più il vecchio, atterriti dalla presenza di Megarèo, e si recarono direttamente alla reggia così come i procacciatori di affari e coloro che volevano essere ammessi alla corte di Ierone II. In compenso Archimede perse un po' del suo disordine creativo.

# CAPITOLO 4

Il tempo sembrava essersi fermato. Archimede, troppo eccitato dall'arrivo dell'amico Doriteo che non vedeva da quattro lustri, aveva interrotto la nuova dimostrazione di uno degli studi di *Catottrica* che lo aveva impegnato tutta la notte e attendeva impaziente il suo ospite. Non aveva combinato nulla quel giorno; l'entusiasmo per l'arrivo dell'amico gli aveva rubato la concentrazione necessaria per i nuovi studi dell'*Arenario*. Da quando era giunta la lettera in cui si annunciava il viaggio dell'amico aveva pregustato le lunghe discussioni, progettato le visite alle meraviglie della sua città, alle scuole di filosofia e medicina, alla Reggia ed alla biblioteca reale che Ierone II aveva creato per lui, acquisendo alcune copie dei più importanti trattati filosofici e scientifici dell'antichità insieme a mappe geografiche molto dettagliate e ad opere storiche e letterarie molto note. L'avrebbe portato ad ammirare i papiri siracusani del Ciane, sarebbero andati a verificare la struttura difensiva dell'Eurialo; lo avrebbe presentato al sacerdote dell'Olympieion, grande matematico e appassionato studioso delle proprietà curative delle piante e degli umori degli animali, ed a Erosimo, il custode del Tesoro della città preservato nel Tempio di Athena, abile scultore e orafo raffinato. Aveva realizzato lui il modellino della dea Athena in oro ed elettro che avevano mandato in dono ad Alessandria insieme alla Syrakosia. Sempre lui aveva progettato e fatto realizzare le bellissime cariatidi del Grande Teatro con quei colori, rosso, azzurro e dorato, che ammaliavano tutti gli spettatori delle rappresentazioni sceniche. Memorabili le sue scenate agli artigiani che frequentemente dovevano ritoccare i colori delle parti decorative del tempio di Athena; non andavano mai bene per lui, era un perfezionista!

Daniele e Megarèo erano ormai andati via già da qualche ora. Il planetario di casa, il secondo ad essere costruito, dove si vedevano due ingegnose rotazioni, dei pianeti e del Sole e della luna attorno alla Terra, girava silenziosamente catturando con la cupola di vetro i raggi del sole all'interno della casa. Il primo modello, ad una sola rotazione, giaceva smontato in una cassa di legno sotto il tavolo da lavoro.

«Queste navi, sempre in ritardo!» si lamentò Archimede, poi, guardandosi attorno e vedendo tutti i papiri ben ordinati nella cassa e i modellini meccanici in fila sul tavolo iniziò a borbottare contro Daniele.

Come poteva concentrarsi di fronte a quell'ordine così severo e rigido? A volte rimpiangeva il caos del passato.

Era grato a Daniele, certo, per il gravoso compito che si era assunto di scrivere le sue epistole ai tanti amici scienziati con i quali intratteneva fitti rapporti intellettuali. Le dita delle mani spesso gli dolevano per la scrittura convulsa e la costruzione di modellini meccanici, soprattutto da quando lo scontro con Roma sembrava avvicinarsi. Beh, insomma, meno fatica ma, in cambio, aveva dovuto acconsentire a un bagno settimanale che spesso capitava nel bel mezzo delle sue elucubrazioni.

Ma la manìa di Daniele per l'ordine e la pulizia era una disperazione per il vecchio Archimede! Niente rotoli di papiro in giro, i kalamos tutti in fila sul tavolo, nessuna possibilità di scrivere più sul pavimento polveroso della dimora. Ecco perché ogni tanto quando lo ungevano con gli oli si divertiva a scrivere formule e a disegnare figure geometriche sul suo corpo. Andava matto per le facce indignate dei servi!

La notte, poi, rimaneva a guardare gli astri pensando alle lezioni del suo amato maestro Conone, riflettendo sulle teorie di Aristarco di Samo che poneva il Sole al centro del Sistema solare e ribattendo mentalmente alle rimostranze opposte dagli amici scienziati a questa teoria.

D'un tratto uno scalpiccìo di passi interruppe le sue riflessioni. Megarèo entrò in casa con Doriteo in braccio, lo appoggiò su un lettino con facilità e delicatezza, come se invece di portare in braccio un uomo avesse tenuto un neonato.

Quale fu l'emozione di rivedere l'amico!

Con Dositeo e Doriteo aveva trascorso anni bellissimi ad Alessandria; insieme avevano pianto la morte di Conone! Cosa accadeva ad Alessandria; come stava Teofrasto ed Eratostene a cosa lavorava?

Lo stridore della sedia di Archimede che si alzava  e il panno bagnato che Daniele gli avvicinò alla fronte fecero rinvenire Doriteo che comprese con sollievo che il terribile viaggio era giunto a destinazione; il caro Archimede era davanti a lui.

Subito si alzò ad abbracciare l'amico. I due iniziarono a parlare così velocemente e in contemporanea che d'un tratto s'interruppero «raccontami della Biblioteca» diceva Archimede, «a che punto sei con la Sferopea?» chiedeva Doriteo. Daniele  e Megarèo li lasciarono soli, prima però portarono delle mandorle tostate e salate, l'unico capriccio di gola di Archimede che a stento si ricordava di mangiare, dei fichi succosi di Akrai e due boccali, con una dissetante bevanda alla menta di Casmene.

Tutto il pomeriggio trascorse in un serratissimo dialogo che permise ai due scienziati di mettersi reciprocamente al corrente delle novità e delle riflessioni che non si potevano affidare alle lettere. Archimede raccontò cosa stava accadendo a Siracusa; la morte di Gelone nel 216, l'assassinio di Geronimo, l'anno dopo, l'alleanza con i Cartaginesi, le decisioni dei nuovi strateghi.

La situazione degenerava, Archimede ne era consapevole, ma era anche preoccupato dalle vicende degli amici d'Alessandria. Doriteo aggiornò Archimede sulle dotazioni immense della Camera di Thot, sui pericoli corsi nell'allestimento, sulle maglie della sicurezza di Eratostene che si stringevano.

Lui stesso che aveva ideato il sistema di ventilazione e costruito macchine e marchingegni non sapeva nemmeno dove portassero i tanti tunnel e cosa fosse scritto nelle mappe segrete che Teofrasto gli aveva fatto nascondere nella Camera Segreta; una volta gli aveva parlato di un percorso che portava addirittura alla tomba di Alessandro. Tutto era nella mente di Teofrasto che nell'ultimo periodo era diventato quasi ossessivo nella sua ricerca di protezione per la Camera. Aveva inviato suo fratello Dositeo in Oriente ed era riuscito a rintracciare il vecchio Ctesibio nel quartiere di Aspenda dove si era rifugiato dopo aver litigato violentemente con Eratostene.

Eratostene era diventato tirannico, si comportava come un despota e considerava la Biblioteca una sua proprietà. Nell'ultimo periodo non promuoveva più la condivisione del sapere con gli altri intellettuali, era sempre chiuso nel suo studio, sembrava quasi posseduto. Nessuno poteva accedere ad alcuni settori della Biblioteca senza il suo permesso, anche i suoi vecchi amici. Archimede rimase molto sorpreso del mutamento di Eratostene e dell'angoscia che opprimeva Teofrasto.

Il Sovrintendente della Biblioteca e Tolomeo non sapevano nulla del vero Tesoro della Biblioteca di Alessandria e così doveva essere nei secoli; l'Ordine dei Custodi era stato creato per questo. Questo Teofrasto raccomandava a tutti i membri dell'Ordine, fra cui Dositeo, Doriteo, Archimede.

La Biblioteca per la sua fama e la sua posizione vicina al porto era in pericolo e con essa "il sapere" del mondo, per questo Teofrasto, in base a quanto aveva intuito Doriteo, aveva cambiato i suoi piani.

«Archimede, sono qui per questo, Teofrasto, credo, voglia affidare a te la sua successione. Ti ho portato nuovi studi e progetti da vagliare insieme ma Teofrasto vuole che tu torni con me ad Alessandria» spiegò Doriteo.

«Non mi sembra il momento adatto. Il tempo dello scontro finale con Roma è vicino, lo sento; caro Doriteo, tu sei giunto con il favore degli Dei. Devi aiutarmi a finire alcune macchine che ho iniziato a costruire. Non mi sono mai interessato di meccanica, lo sai, è stato Ierone a stimolarmi tanto tempo fa. Poi è diventato un divertimento, a volte solo progettare, altre costruire; baliste, scorpioni, mani di ferro giganti, catapulte potentissime. La tua esperienza sicuramente mi aiuterà in fase di costruzione e collaudo, se sarà necessario difenderci».

«Ma dimmi, amico, come siamo arrivati a questo punto? Non c'erano margini di trattativa con i romani?» Doriteo, conoscendo l'animo pacioso e tranquillo di Archimede, sapeva quanta sofferenza provasse nell'approntare armi per difendere la sua amata città. Tanti anni prima, quasi sei lustri, avevano cercato di convincere il matematico siracusano a restare con loro ad Alessandria ma Archimede amava così tanto la sua Siracusa che, anche se in quel tempo era in dissidio con il monarca, disse che non avrebbe potuto vivere altrove.

«Il racconto procura dolore al mio padrone» intervenne Daniele, che si era presentato nella stanza con dell'acqua fresca e uno spuntino a base di pesce. Era giunta la sera mentre i due amici andavano avanti nel loro lunghissimo dialogo. «La accontenterò io, o sapiente Doriteo, nella sua richiesta». Il giovane schiavo, catturata l'attenzione del saggio alessandrino, iniziò a raccontare.

«Dopo la morte del giovane Geronimo che era stato un allievo affezionato del mio padrone, nella città si sono avvicendati vari strateghi, prima alleati di Roma poi nemici. Ippocrate ed Epicide, gli ultimi strateghi, hanno deciso di allearsi con i Cartaginesi così dalla primavera siamo stretti d'assedio».

Daniele andava avanti raccontando gli avvenimenti mentre Archimede con un bastone disegnava figure geometriche nella sabbia e Doriteo con uno stilo tracciava segni su un papiro restando concentratissimo ad ascoltare il racconto di Daniele cercando di immaginarsi l'Esapilo, l'Eurialo e i luoghi descritti dall'uomo. Archimede si era perso nei ricordi; nonostante l'indole volubile di Geronimo, gli aveva voluto molto bene. Si era creato un rapporto speciale come fra Aristotele e il grande Alessandro. Lo aveva accompagnato in Epiro per conoscere i parenti della madre Nereide, figlia di Pirro. In quella terra e durante il viaggio aveva conosciuto molti filosofi e aveva visto molti luoghi in cui sarebbe voluto tornare.

«Qualche tempo fa sono stati respinti gli ambasciatori romani che erano stati inviati per chiedere che venissero rispettati gli accordi presi. Così l'esercito romano si è accampato nel territorio siracusano ed ha avuto inizio l'assedio portato per terra e per mare. Appio Claudio ha schierato il proprio esercito lungo le mura dell'Esapilo, dove si accedeva al quartiere Epipole tramite sei porte». Daniele stava per concludere la sua narrazione mentre Megareo entrava nella piccola stanza con un vassoio di frutta.

«E non è ancora finita, o sapiente Doriteo, sei arrivato appena in tempo. Una flotta di sessanta quinqueremi comandata da Marcello pare si prepari ad attaccare il quartiere di Achradina e l'isola di Ortigia sbarrando l'accesso al porto. Vogliono prendere la città per fame».

# CAPITOLO 5

Alessandria d'Egitto

La notte prima

Aveva mangiato qualche fico e qualche acino d'uva, più che altro per far contenta Fileide. A cena con il suo sguardo azzurro la ragazza lo sorvegliava; era una dittatura dolce, la sua. Da quando Doriteo e Dositeo erano partiti Teofrasto si sentiva sempre più solo e si era gettato anima e corpo nei progetti che voleva concludere per la Camera di Thot. Alexandros da qualche giorno rimaneva con lui nel suo studio a ridisegnare mappe. Luoghi segreti che nascondevano misteri o tesori, elaborate dai sapienti di oriente e Grecia sulla base di racconti orali o antiche fonti. L'Atlantis di Platone, la tomba di Alessandro, il sepolcro di Dedalo con i suoi automi d'oro. Conoscenze che dovevano essere preservate da individui avidi e malvagi e tramandate alle nuove generazioni di sapienti, degni di questo nome.

Mentre era rinchiuso nel suo studio, dopo aver congedato Fileide, si accorse di aver dimenticato di assumere la sua tisana della sera. Anche se ormai non dormiva quasi più quell'abitudine non l'aveva persa. La bevanda lo rilassava e calmava quel pulsare continuo nel collo che nell'ultimo periodo arrivava a rimbombargli nelle orecchie.

Gli sembrò di vedere un'ombra dietro l'uscio semiaperto; si alzò.

Non vi era nessuno dietro le grandi porte di legno che lo isolavano dal resto delle stanze degli scribi e dei sapienti. Per sicurezza chiuse l'uscio completamente poi conservò nel vano nascosto dietro i recipienti di astronomia la mappa che Alexandros aveva finito di copiare e tornò al tavolo.

La coppa era accanto alla pergamena che stava leggendo prima di cena. Si accorse che non era il suo solito recipiente ma uno diverso, più piccolo. Pensò che Fileide, accorgendosi della sua mancanza di sonno, avesse diminuito la diluizione della sostanza.

Portò il liquido alla bocca e sentì un sapore leggermente più amaro; anche il liquido sembrava più chiaro. La sua vista, però, negli ultimi tempi era peggiorata e forse in bocca gli era rimasta la dolcezza dell'uva. Dietro di sé sentì come una presenza.

Qualche attimo dopo il ritmico pulsare del collo tacque, il rimbombo nelle sue orecchie si spense. Dietro i suoi occhi passò l'immagine di Fileide e di Archimede; quando l'amico la prendeva in braccio da piccola. Si augurò che la missione di Doriteo avesse avuto successo. Poi fu il buio.

μ

Aton con il suo disco solare era alto nel cielo quando Fileide si svegliò e, lasciata la sua stanzetta, scese nelle sale comuni.

«Salve, Filolao vedo che stai meglio» esordì Fileide entrando nella grande sala delle consultazioni della Biblioteca, vedendo l'amico del padre seduto al grande tavolo di marmo consultare un papiro.

«Fileide, è sempre un piacere vederti» rispose il filosofo. Era magrissimo, la tunica azzurra sembrava cadergli dalle spalle. Aveva il volto sfigurato da una cicatrice, la stessa che gli disegnava i polsi. Lividi scuri gli dipingevano la parte bassa delle gambe, macchie marroni su una pelle olivastra, sembravano le isole della foce del Nilo. Lo sguardo scuro e obliquo, mai diretto. Sempre solitario, sempre irritato, non cenava più con lei e suo padre. Più volte glielo avevano chiesto sperando di aiutarlo a riprendersi ma non c'era stato nulla da fare. *Da quando era tornato dal carcere non era più lo stesso,* riflettè Fileide mentre lo osservava.

«Ti ringrazio ancora per avermi assistito durante la convalescenza e per come mi hai sistemato la spalla. Che strano strumento hai usato, a proposito. Come l'hai chiamato?». Filolao sembrò sforzarsi per mettere insieme queste poche parole guardando Fileide in viso.

«È il divulsile; l'ha costruito Doriteo ma è nato da uno schizzo di Archimede. Sono proprio contenta di rivederti in forze. Da quando Doriteo è partito e Dositeo è in missione vivo strani presentimenti. Dimmi, hai visto mio padre? Lo cerco da stamattina».

«L'ho visto ieri sera alla solita riunione nella Sala sotterranea» disse con noncuranza Filolao affrettandosi a rispondere.

«Si sarà addormentato sul tavolo come sempre da qualche tempo. Ormai non va più a dormire nella sua stanza» aggiunse preoccupata la giovane.

Giunta nello studio del padre a Fileide si presentò uno scenario consueto. L'uomo aveva il capo reclinato sul tavolo pieno di papiri.

Quando lo toccò, tuttavia, comprese subito che non dormiva. Teofrasto era morto.

Fileide, per la sua approfondita conoscenza delle scienze naturali ereditata da Doriteo e la sua innata curiosità si insospettì subito a causa della polverina bianca che turbava la lucentezza della coppa della tisana che il padre beveva tutte le sere.

Non chiamò nessuno, solo Filostrato poteva aiutarla; suo padre da tempo l'aveva avvertita dei pericoli che correva insieme ai sodali della Camera di Thot.

Il comandante delle guardie di Eratostene era un tipo pericoloso e si era fatto sempre più minaccioso. Filolao era tornato distrutto dalla prigionia, aveva notato il suo sguardo spesso allucinato.

Con tenerezza accarezzò i capelli candidi del padre. Si avvicinò per dargli un bacio sulla fronte ma si fermò, notando qualche altro granulo di polvere bianca accanto alla bocca.

Risalì le scale illuminate dalle torce e andò alla ricerca di Filostrato.

Il fedele attendente di Teofrasto per Fileide era un po' come uno zio, gli era molto legata; viveva come un sacerdote in una piccola cella accanto alle camere degli scribi della Biblioteca.

Bussò all'uscio della stanza.

Filostrato non c'era.

Scese nella sala comune e trovò Alexandros intento a disegnare una Sfinge, nel lato sinistro di un papiro. Gli chiese di Filostrato e seppe che Teofrasto lo aveva inviato a cercare Ctesibio in città.

Insieme chiamarono tutti gli scriba e gli attendenti e li informarono della morte di Teofrasto. Filolao, stranamente, non disse nulla. Sentita la notizia, girò le spalle e andò via.

*Forse, pensò Fileide, era tale il dolore che non riusciva a trattenersi davanti agli altri.*

Archestrato di Samo, il più anziano dopo Teofrasto e Dositeo, prese in mano la situazione. Avrebbe informato lui le autorità e Filostrato quando fosse tornato.

Alexandros, che amava Fileide come una nipotina, suggerì ad Archestrato che la ragazza sarebbe stata meglio con lui e la sua famiglia. Fileide, che solo in quel momento si era lasciata vincere dal dolore, annuì e andò via con Alexandros.

# CAPITOLO 6

Filostrato arrivò alla Biblioteca in piena notte.

Lo attendeva Archestrato, ancora sveglio, per dargli la notizia.

Filostrato chiese subito dove fosse Fileide ma l'uomoo lo rassicurò. I due confabularono per un po' e Archestrato raccontò dei soldati che avevano compiuto l'ispezione, dell'arrivo di Eratostene che si era mostrato affranto dalla morte dell'amico. Filostrato chiese di poter vedere Teofrasto ma Archestrato gli disse che Eratostene l'aveva fatto portare via perché voleva occuparsi personalmente dei riti della sepoltura. Dei sospetti di Fileide Archestrato aveva informato il Sovrintendente della Biblioteca che aveva dato l'incarico delle indagini a Naja. Tutti, però, si erano accorti della superficialità con cui l'uomo aveva trattato il caso.

Filostrato si ritirò distrutto nella sua piccola cella. Preparò i suoi pochi vestiti e i codici che gli appartenevano. Il giorno seguente avrebbe mandato a chiamare Fileide e l'avrebbe portata via da Alessandria. Teofrasto lo aveva avvisato; i sospetti sull'Ordine di Thot si erano acuiti e Eratostene o Naja stesso avevano deciso di eliminare i Custodi ed i loro aiutanti per far cessare l'incremento del Tesoro. Non prima, tuttavia, di aver scoperto l'ubicazione del luogo.

*Era strano che avessero ucciso il Custode Supremo senza accertarsi di avere in mano gli elementi per trovare la Camera segreta. O erano stupidi, pensò Filostrato, o avevano qualche informazione che a lui mancava.*

Si mise a letto ma il dolore alle articolazioni lo tormentava. Accese una torcia. Sul piccolo sedile di legno giaceva il sacchettino con il medicamento che prendeva per la sua malattia. Lo sciolse in un po' d'acqua, prendendola da un recipiente sul tavolo. Nella celletta c'era un vaso con un mazzo di fiori profumatissimi, ne sentì il profumo intenso che quasi riempiva tutta la stanza. Sorbì poi tutta in una volta la pozione.

Si rimise a letto. Dopo qualche ora iniziò a rigirarsi tra le lenzuola. Un fuoco sembrava dilaniargli le viscere. Era come se la mano infuocata di Seth gli stesse torcendo le interiora. Il dolore fu così forte che iniziò a vomitare fino ad affogarsi.

La mattina dopo, quando il disco solare era già alto nel cielo, Fileide e Alexandros fecero ritorno alla Biblioteca. Archestrato li attendeva nella sala delle consultazioni. Gli narrò della notte trascorsa, li informò che la cerimonia per la sepoltura di Teofrasto si sarebbe svolta dopo cinque giorni e e che Filostrato era tornato.

Fileide, stupita che Filostrato non fosse lì ad accoglierli e non fosse andato a cercarla, si affrettò a raggiungere l'uomo immaginando riposasse ancora per la stanchezza della missione e il dispiacere della morte dell'amico. Corse su per le scale, verso la stanza di Filostrato.

La porta del vano era stranamente aperta, socchiusa. Filostrato giaceva sul letto; bava bianca gli usciva dalla bocca, le lenzuola erano attorcigliate attorno al corpo, i pugni ancora chiusi per il dolore provato. Lo scriba aveva sofferto molto; sul tavolino di vimini vi era il sacchetto della mistura officinale che lei gli preparava settimanalmente per il dolore alle articolazioni che lo tormentava da quando era ragazzo; si trattava di un male assai diffuso in Egitto.

Lo annusò; insieme ai profumi delle piante che lei usava per alleviare i fastidi si sentiva un sentore vago di suino.

Un dettaglio della stanza  attirò al sua attenzione; sul tavolino troneggiava un vaso con un mazzo di fiori così profumati da saturare tutto il piccolo ambiente.

Il dolore prima trattenuto nella ricerca di un sostegno e la corsa verso Filostrato  esplose in un pianto silenzioso. Non era più al sicuro ad Alessandria; chi aveva sterminato la sua "famiglia" conosceva molto bene le abitudini dei due uomini.

Dositeo era partito un mese prima  per l'Oriente e non dava da tempo sue notizie. Doriteo era a Siracusa ma la città era assediata dai romani; era terminato il costante flusso di lettere che la legava ad Alessandria.

Con il denaro e i gioielli che suo padre le aveva lasciato avrebbe, comunque, potuto pagare un passaggio in nave. Teofrasto aveva amici anche fra i Cartaginesi, bastava portarsi dietro l'anello con il sigillo e cercare di raggiungere un generale di Annibale, Bomilcare, appassionato di astronomia e prima della guerra assiduo visitatore della Biblioteca e dell'osservatorio.

Non c'era scelta; doveva recarsi da Archimede prima che fosse troppo tardi.

# CAPITOLO 7

SIRACUSA

«Non mi sono mai divertito tanto in vita mia!» esclamò Doriteo, tergendosi il sudore della fronte con una mano. La fucina di Agatocle, il fabbro, era giunta a una temperatura insopportabile. Gli ultimi pezzi del nuovo modello di Manus Ferrea erano pronti.

Allo scienziato alessandrino non sembrava vero di poter applicare tutti i suoi studi di una vita e di costruire macchine di grandi dimensioni e non più semplici modellini.

Il suo arrivo a Siracusa era avvenuto qualche settimana prima della decisione dei Romani di attaccare la città, colpevole di essersi avvicinata ai Cartaginesi.

I romani attaccavano da terra, nei pressi del mastodontico tempio di Giove Olimpio, e a nord lungo la porta dell'Esapilo e dal mare, proprio lì vicino, lungo la costa dell' Achradina ma non riuscivano a scalare le mura o a fare breccia.

Neanche le sambuche erano riuscite a scalfire la difesa dei siracusani. Ierone II nella sua tomba lassù, sopra il Teatro Greco, dispiaciuto inizialmente della lotta con i suoi storici amici, forse stava sorridendo orgoglioso di fronte alla genialità di Archimede ed alla superiorità dei siracusani.

Era merito suo se il matematico si era dedicato all'applicazione tecnica di molte sue teorie e invenzioni. Dal primo sistema meccanico per spostare le navi Archimede si era poi rivolto alla progettazione e costruzione della meraviglia del mare, la nave Syrakosia, gigantesca e lussuosa, inviata in dono carica di grano all'Egitto in difficoltà, a sistemi di estrazione dell'acqua e poi alle macchine da guerra che stavano distruggendo da mesi le forze e gli animi dei romani.

Sulle navi nemiche che si appressavano alle mura dell'Achradina, infatti, cadevano proiettili di ogni genere, grandi massi di pietra o dardi giganteschi. Ai soldati romani che tentavano di scalare i muraglioni, anche se protetti dai graticci, non era dato difendersi perché Archimede li faceva attaccare dalla feritoie delle mura con lunghi pali o gli faceva rovesciare addosso olio bollente.

Ma i miracoli dell'apparato bellico dei siracusani non erano dovuti solo ad Archimede; pochissimi, solo gli artigiani e i fabbri nascosti nelle Latomie che forgiavano i pezzi delle macchine che venivano poi montate direttamente nei luoghi di posizionamento, sapevano delle modifiche tecniche applicate alle macchine da Doriteo che con la sua conoscenza delle caratteristiche dei metalli e l'esperienza meccanica aveva sensibilmente migliorato l'efficienza e la pericolosità delle catapulte, delle baliste giganti e, ultima ma prima per potenza distruttiva, della Manus Ferrea. Da settimane lunghe braccia sporgevano dalle mura e con mani di ferro spezzavano in due le navi o le sollevavano dalla prua e le facevano affondare. Altre braccia lunghissime di ferro tramite dei cavi azionati dall'interno agganciavano le quinqueremi che venivano fatte girare e dopo venivano scagliate contro le rocce uccidendo decine di marinai.

Doriteo, non pago della strage di soldati romani, causata dall'apparato micidiale di difesa che Archimede e i siracusani avevano dislocato sulle mura dall'Achradina al capo Leon, stava perfezionando una nuova arma che avrebbe definitivamente scoraggiato l'attacco romano portato dal mare; gli specchi ustori.

I due scienziati avevano escogitato un sistema geniale per proteggere il loro segreto; non si mostravano mai insieme, salivano sulle mura o nelle postazioni di avvistamento sempre soli e in orari stabiliti. Quando Doriteo o Archimede, simili per età, veste e lunga barba bianca, apparivano sulle mura tra i romani si levavano urla, minacce o sussurri di paura. Gli stessi siracusani li confondevano.

Nessuno dei notabili della città o dei nemici doveva sapere della presenza di Doriteo altrimenti avrebbe pensato a un coinvolgimento dell'Egitto nella guerra.

Roma lottava contro un vecchio e perdeva. Archimede e il suo genio erano al centro dell'odio dei romani e si cercava un modo per eliminarlo. Contro di lui i sacerdoti latini dei templi della guerra e della vittoria compivano riti, ma le settimane passavano e la fine dell'assedio sembrava lontana.

Marcello e Appio Claudio iniziavano a disperare della vittoria.

«Il nuovo modello di Manus Ferrea è operativo. Rivedrei con te gli specchi» disse Doriteo.

«Le macchine stanno facendo il loro dovere. Sei sicuro di tentare con gli specchi?» rispose Archimede osservando il disegno di un nuovo giunto per le catapulte.

«Archimede, ma proprio i tuoi studi sulla luce mi hanno convinto! Abbi fiducia in te stesso, gli specchi sono stati più volte ricostruiti. Abbiamo trovato la forma più efficace e li abbiamo uniti con i giunti flessibili. Avanti, dai l'ordine di posizionarli sulle rocce più alte della località che hai prescelto. Domani vedremo» rispose Doriteo, eccitato come un bambino.

Mentre il sole giungeva allo zenit il giorno dopo, fasci di luce incendiaria come fulmini di Zeus diedero il bacio della morte alle quinqueremi romane  poste di fronte alle mura. La flotta di Marcello era distrutta. In un impeto di rabbia alcuni militi che si trovavano con il generale al momento della strage lo sentirono dire «Il vecchio deve morire!»

# CAPITOLO 8

Era giunto l'inverno ma l'intero quartiere di Achradina era in festa. Archimede veniva portato in trionfo dai siracusani, che, nonostante i pericoli e le privazioni della guerra, esultavano per quella straordinaria impresa; nei loro cuori, tuttavia, sapevano che Roma non avrebbe mai ceduto. Quanto avrebbero potuto resistere? La città iniziava a subire la penuria di rifornimenti.

Davanti la dimora del custode della porta d'Ortigia si udì una voce; la domanda rimase quasi sospesa nell'aria.

«Si trova qui Merico l'Ispanico?» un vecchio lacero si affacciò alla casetta di legno posta sotto il bastione.

Da un cortile laterale vennero fuori due uomini; entrambi alti, robusti, dal colorito olivastro. Uno era pieno di cicatrici, forse eredità di periodi di guerra, l'altro aveva una bruciatura sull'avambraccio e indossava protezioni di pelle, come un fabbro.

«Sono io; cosa vuoi?» rispose l'energumeno delle cicatrici con una voce roca e uno sguardo sospettoso.

«Un amico, ti vuole parlare; ti aspetta stanotte alla porta dell'Esapilo, ti farà un segnale» spiegò il vecchio cencioso porgendo all'uomo un bracciale di rame .

Merico guardò stupito il bracciale, e riconoscendo il segno della schiera mercenaria  in cui aveva militato al servizio dei romani nella prima guerra punica, capì chi lo cercava.

Quella notte lungo la porta dell'Esapilo un segnale luminoso annunciò l'arrivo di Cemiro, vecchio compagno d'armi di Merico, ora al seguito di Marcello.

Dopo un veloce abbraccio, il soldato parlò. «Devi trovare il modo per farci entrare in città al più presto. Ortigia deve cadere e Marcello vuole la morte del vecchio. L'onta della sconfitta non è più tollerabile. Merico, aiutaci. Per te ci sarà una lauta ricompensa».

«A Siracusa non ho trovato la ricchezza che speravo» rispose Merico nervosamente spostando con il piede delle immaginarie pietruzze senza guardare negli occhi il romano. «Sta bene, vi aiuterò ad entrare in città e vi farò trovare aperta la porta di Ortigia ma da solo non posso aiutarvi. Chiederò a un amico siracusano; perciò di' al tuo generale che la ricompensa è doppia. Ti farò sapere, rivediamoci qui tra due notti» aggiunse.

Dopo una veloce stretta di mano i due uomini scomparvero nell'oscurità.

∞

In Ortigia intanto i papiri della Fonte Aretusa dormivano placidi sotto le "parrucche" verdi e le acque della sorgente mormoravano.

Il mare era una distesa sonnolenta, si udiva lontano il mormorio delle onde. I siracusani si preparavano alla festività della dea Artemis, la cacciatrice, domatrice di belve, dea della Luna; nei pressi del suo tempio e di quello di Athena le fiaccole illuminavano la notte. Corone di fiori intrecciate aspettavano di essere indossate, le vittime sacrificali emettevano i loro lamenti nei recinti allestiti nell'isola per l'occasione. Siracusa non era mai stata così bella. I siracusani dormivano preparandosi alle fatiche ed alle libagioni dei festeggiamenti dei giorni seguenti.

Una barca si avvicinò alla riva. Una figura piccola e snella scese velocemente nell'acqua tenendo il mantello alto sulle braccia. Si fermò un attimo a guardare le acque della Fonte Aretusa che brillavano alla luce alta della Luna e la cittadella fortificata  illuminata dalle torce.

Mentre il nocchiero della barca si allontanava il misterioso viaggiatore sospirò nel toccare la fresca rena, svelse un giunco dalla riva e lo annodò al polso. Avrebbe portato fortuna, pensò, come l'amuleto che suo padre le aveva regalato qualche mese prima e che portava al collo. Ricordava ancora quel giorno quando suo padre l'aveva convocata nella Sala sotterranea. Le aveva dato un papiro per Doriteo, da consegnargli al ritorno da Siracusa.

Teofrasto prima di congedarla le aveva anche legato al collo un cordoncino con un ciondolo. «La mia vita sta giungendo al termine, Fileide. Dositeo e Doriteo sono lontani ed io, ormai, mi fido solo di te. Custodisci questa mappa a costo della vita. Questo amuleto vi proteggerà» le aveva detto prendendola affettuosamente per le braccia e guardandola negli occhi. Dopo un abbraccio che era durato a lungo, Teofrasto l'aveva lasciata andare ed era tornato al tavolo ed ai suoi papiri.

*Quel momento sembrava appartenere a un'altra vita, pensò Fileide.*

 Toccò l'oggetto liscio e rotondo che riposava sulla sua gola candida con un pensiero a Teofrasto poi si riscosse e silenziosamente scomparve nella notte.

Ψ

«Domani notte i siracusani festeggiano Artemide; troverai la porta dell'Ortigia aperta» disse l'ispanico a Cemiro, nascosto nell'ombra dentro la grotta di Artemis nella zona nord della città.

«Lui è Soside di Siracusa, ci aiuterà lui» aggiunse il mercenario facendo con un cenno della mano avanzare un uomo che gli stava accanto. Un uomo uscì dall'ombra, aveva in mano una torcia che illuminava di lato il suo viso pieno di cicatrici.

«Il generale è informato, una lauta ricompensa vi attende; tuttavia il vostro compito prevede un'altra mansione. Marcello vuole i planetari di Archimede. Da tempo ne ha sentito parlare come di grandi meraviglie e teme l'irruenza dei suoi soldati. Dovete rubarli prima che inizi il saccheggio! Il generale non si fida dei suoi uomini» disse il soldato romano.

«Io ne ho visto solo uno nella reggia. Non sapevo ve ne fossero due» ribattè Merico .

«Non ti preoccupare, amico; so io dove si trova l'altro planetario. E' a casa del vecchio, l'ho visto tempo fa. Pensate a preparare la ricompensa» intervenne Soside, il siracusano, uscendo dal silenzio in cui era stato fino a quel momento .

«Bene; domani notte tutto sarà finito. Approfitteremo della festa di Artemide per far cadere le difese degli ultimi due quartieri. Dopo aver preso i planetari uscite dalla città, in fretta. Durante i saccheggi è difficile riconoscere gli amici. Ci vediamo al quartier generale. Che Marte vi accompagni» concluse Cemiro stringendo il braccio al vecchio compagno d'armi e andando via silenziosamente nell'oscurità.

Merico e Soside si allontanarono nel buio della notte per tornare al quartiere, confabulando fra di loro per organizzare il furto del planetario della reggia. A casa di Archimede, invece, non ci sarebbero stati problemi. Il vecchio era sempre alle Latomie e la dimora era incustodita, nessun siracusano si sarebbe permesso di profanare la casa di colui che era ormai ritenuto un dio.

# CAPITOLO 9

A casa di Archimede

Un colpo di calore aveva costretto Doriteo a rimanere a riposo; il vecchio fremeva al pensiero del lavoro che lo aspettava nelle Latomie. I romani avevano rallentato l'attacco via mare ma l'assedio continuava, il cibo scarseggiava e Archimede pensava a qualche nuova macchina per difendere le mura dall'assalto via terra.

Un timido bussare alla porta annunciò l'arrivo di un visitatore. Daniele si recò all'uscio. Dietro la porta trovò una ragazza che chiese di Doriteo. Era ricoperta di un mantello azzurro come i suoi occhi. Aveva lunghi capelli neri che si allargarono in una nuvola setosa appena lei si tolse il cappuccio. Indossava una tunichetta bianca e sandali dorati, La sorpresa per una tale visione paralizzò Daniele, rimasto interdetto anche perché a Siracusa solo poche persone sapevano della presenza dello scienziato.

Doriteo, incuriosito dalle voci che aveva udito, uscì dalla stanza e rimase di sasso nel vedere Fileide.

D'un tratto, comprese la gravità della situazione.

«Bambina mia, cosa è accaduto a Teofrasto?» disse angosciato avvicinandosi alla giovane.

Fileide gli si gettò tra le braccia scoppiando in un pianto disperato.

« Mio padre e Filostrato sono morti» disse fra le lacrime.

«E Dositeo?» riuscì a chiedere Doriteo attonito.

«Mesi fa è partito per l'oriente e da tempo non dà notizie. Solo tu e Archimede mi siete rimasti» rispose la fanciulla abbassando lo sguardo e stringendo convulsamente le mani.

In quel momento Daniele comprese l'identità della fanciulla, era la figlia di Teofrasto. Ne aveva sentito parlare da Archimede.

Ritenendo più opportuno lasciarli soli, Daniele si congedò.

Fileide, rimasta sola con Doriteo, iniziò a parlare con lui sommessamente, Daniele riuscì a sentire solo questa frase: «Te la consegno, per me è stato un grande peso».

Qualche ora dopo, una Fileide più tranquilla e riconfortata da un bagno rinfrescante e da una squisita bevanda alla menta chiese di essere accompagnata alle Latomie da Archimede, che ricordava con affetto e ammirazione. Quando era piccola le faceva tirare la sua lunga barba e le cantava delle canzoncine strane che solo più tardi aveva capito erano formule matematiche che il geniale siracusano si divertiva a trasformare in armonie musicali. Doriteo rimase a casa, stranamente senza fare storie; lo lasciarono a guardare con una strana attenzione il planetario. Chiudendo la porta, Daniele lo vide mentre lo fermava e prendeva in mano la Luna.

'Ω

Per Merico l'ispanico l'accesso alla reggia non era un problema.

In qualità di custode della porta dell'Ortigia spesso si recava nell'archeion per riferire agli strateghi. Era sopravvissuto agli assassini dei due sovrani, in uno, in realtà, quello di Geronimo, era fra i congiurati insieme a Soside.

Le serve della reggia e le guardie lo conoscevano.

In quei giorni di grande confusione generale, alcuni quartieri della città erano già caduti in mano romana e la reggia era semideserta. La sua familiarità con gli strateghi giocò a suo favore quando, giunto davanti alla porta della sala delle udienze, disse alle guardie: «Ho bisogno di rinforzi alla Porta; con l'appressarsi della festa di Artemis temo qualche agguato».

Non ci fu bisogno di alcun controllo degli ordini. Una delle guardie con un saluto frettoloso si recò a chiamare altri compagni, l'altra fu distratta da Soside.

Allontanata la sentinella, per Merico e Soside, che nel frattempo si erano assicurati che non vi fosse nessuno nei paraggi, fu facile stordire la guardia ed entrare nel Salone.

Il planetario d'oro girava silenziosamente. Per portarlo via i due mercenari avevano preparato un piccolo carro imbottito che li attendeva all'esterno del palazzo. Il meccanismo non poteva essere smontato, nessuno dei romani, pare, ne conoscesse il funzionamento.

Coperto il planetario con un lungo e pesante drappo di canapa scesero silenziosamente le scale; fuori li attendeva un servo. Caricarono il macchinario tra l'indifferenza generale.

Merico si recò alla porta delle mura scortando il mezzo con il suo prezioso carico. Dovevano trovare un luogo dove nascondere il planetario fino al termine del saccheggio. La grotta di Artemis vicino all'Esapilo poteva andar bene.

La prima parte della missione era stata fin troppo facile. Il termine dell'assedio era ormai vicinissimo. Le guardie alle porte, tutti ex mercenari o fuoriusciti da altre città, erano state convinte a far entrare i romani con la promessa di una parte del bottino del tempio di Athena.

*Rimaneva una cosa da fare, pensò Soside*, ansioso di portare  a termine l'incarico.

Si era giunti al crepuscolo, il sole tramontava quasi con rimpianto bagnandosi dolcemente nelle acque del Porto Grande e chiudendo gli occhi stanchi di fronte alla Fonte Aretusa, colorata da un' intensa luce aranciata.

Il fabbro, giunto nei pressi dell'umile dimora di Archimede, non sentì alcuna voce, solo dei leggeri rumori metallici. Si sporse da una finestra e vide il genio che aggiustava dei piccoli strumenti di precisione su un grande tavolo; vi erano piccole strisce di papiri in giro e degli stili, qualche elemento meccanico, bracci e piccole ruote dentate.

Il planetario era proprio di fronte allo scienziato che in quel momento con un piccolo lembo di lino si tergeva la fronte sudata.

Si avvicinò all'uscio, aperto. Il vecchio, seduto, chiuse gli occhi dopo aver bevuto dell'acqua da una coppa.

Soside entrò con la spada in mano.

Doriteo aprì gli occhi e si trovò davanti un uomo sconosciuto; notò subito un luccichio malvagio nello sguardo.

«Saggio Archimede, vengo dalla reggia. Il planetario d'oro ha smesso di girare d'improvviso; tu sai che questo evento è considerato infausto. In questi anni non è mai accaduto; vieni con me, ti prego» disse  l'uomo con un tono mellifluo.

Doriteo notò che lo sguardo dell'uomo diceva altro rispetto al tono ossequioso con cui aveva pronunciato quelle parole. D'altra parte in un momento di grande pericolo come quello gli sembrava strano che gli strateghi pensassero al planetario.

Rimase immobile, solo il suo cervello girava a più non posso.

*Lo credevano Archimede e volevano che uscisse da casa.*

L'uomo continuava a guardarlo in attesa di risposta e si era fatto più vicino.

*Chi era quell'uomo rivestito di cuoio dalla testa ai piedi? Il suo sguardo lo inquietava, sembrava quello di Naja, il serpente di Alessandria.*

*Quegli occhi portavano la morte.*

«Ho troppo da fare. Verrò domani» disse Doriteo all'uomo con alterigia, nascondendo con un tono sicuro la paura che gli iniziava a serpeggiare nelle vene. Fece finta di tornare a leggere un papiro mentre con la coda dell'occhio spiava le mosse dell'altro.

«Un planetario ha sempre girato nella stanza del trono da quando è iniziata la guerra; non si può attendere. La mala sorte può accanirsi contro di noi» mentì spudoratamente il mercenario prendendo Doriteo per un braccio e costringendolo ad alzarsi.

Lo scienziato alessandrino, non volendo far scoprire la sua identità, nonostante l'età e il precario stato fisico, cercò di opporre resistenza. Soside a quel punto perse la calma; lo spinse e afferrò il planetario svelando le sue reali intenzioni. Doriteo fu scagliato sul tavolo spargendo a terra tutto quello che vi era posato, con fatica si rialzò, si girò e cercò di afferrare un braccio del congegno per fermare il ladro che, temendo per l'integrità della

46

macchina che tanta importanza aveva per Marcello, estrasse un pugnale e lo colpì tra la spalla e la gola.

Rivoli di sangue scesero sulla tunica immacolata del vecchio mentre altro sangue sprizzava tutto intorno seguendo il pulsare ritmico del cuore.

Doriteo si accasciò sul tavolo in mezzo a frammenti di papiro e piccole parti metalliche colorando di rosso papiri e strumenti. Nell'ultimo momento di coscienza la sua mano tremante cercò di impugnare uno stilo dove vergò pochi tratti.

Non c'era stato tempo nemmeno per un grido.

Soside con il planetario, senza degnare di un'ultima occhiata il vecchio matematico, guadagnò la porta e fuggì velocemente coperto dal favore delle tenebre che nel frattempo erano scese a baciare la bella e sfortunata città di Siracusa.

Τριπλάσιος μὲν ὁ Ἥλιος τῆς Σελήνης,
ἥμισυ δὲ γίννονται ὁ τοῦ Θεοῦ Ἀστήρ

# CAPITOLO 10

«Archimede!».

Lo scienziato, che stava conversando con un fabbro nella fucina delle Latomie, si girò e rimase per un momento interdetto alla vista della fanciulla che lo salutava.

«Fileide, che ci fai qui? Come sei cresciuta! Tuo padre Teofrasto è qui, a Siracusa, con te?». Alla domanda del matematico la ragazza scoppiò in lacrime. «Mio padre è morto; è stato assassinato insieme a Filostrato».

Le parole furono pronunciate stentatamente fra un singhiozzo e l'altro e gelarono Archimede. Ricordava vagamente l'attendente del celebre matematico. Era ancora un ragazzo quando studiava ad Alessandria con Conone.

Il siracusano, piuttosto restio al contatto fisico, comprendendo lo smarrimento e il dolore di Fileide, che si vergognava di queste sue lacrime e di questa debolezza così lontana dal suo carattere e dalla sua educazione, la abbracciò e cercò di confortarla accarezzandole i sottili capelli neri.

Quando Fileide smise di singhiozzare e si staccò dall'abbraccio accennando a un debole sorriso, Archimede le chiese di raccontare quello che era accaduto negli ultimi mesi dopo la partenza di Doriteo e le circostanze della morte di Teofrasto e Filostrato. Pian piano camminando si allontanarono dagli altri inoltrandosi nella folta vegetazione. Era tardo pomeriggio e le Latomie, un giardino sotterraneo nella bella Siracusa, offrivano un'oasi di pace nonostante il nemico fosse alle porte. Tra altissimi alberi secolari e piante di ogni tipo si trovava un riparo alla canicola fastidiosa.

Ascoltato il racconto di Fileide, Archimede aveva compreso come si erano svolti i fatti e nella sua mente aveva preso corpo un'idea precisa.

Era, però, troppo dura da accettare per Fileide.

Archimede non riusciva a inquadrare la figura di Filolao, un membro giovane della Camera di Thot, che non aveva conosciuto in passato e con il quale non intratteneva rapporti epistolari. Fileide gli aveva raccontato della prigionia del filosofo e del cambiamento di umore e abitudini che aveva caratterizzato il suo ritorno alla Biblioteca. Filolao era finito nelle carceri di Alessandria perché, durante un'ispezione di Eratostene, dal Fondo delle Navi erano risultati mancanti un trattato di Aristotele e uno scritto astronomico di Fidia. Nonostante i due rotoli di papiro fossero ricomparsi misteriosamente il filosofo, responsabile di quel settore, era finito in prigione per alcune settimane; un'esperienza che sembrava averlo segnato.

I pensieri di Archimede, tuttavia, giravano intorno ai modi utilizzati per uccidere il Custode della Camera e il suo attendente.

«La polvere bianca che circondava la bocca di tuo padre aveva un odore particolare?» chiese alla ragazza mentre passeggiavano tra alberi profumati ed erbe aromatiche.

«No, me ne sarei accorta altrimenti; mi sono avvicinata abbastanza al viso di mio padre per controllarne il respiro, era una polvere molto fine» disse Fileide fermando i suoi passi e tornando per un attimo al momento della scoperta della morte di Teofrasto.

«Tuo padre sembra non aver sofferto, come se la sua vita si fosse spenta in un attimo» rimarcò Archimede corrugando la fronte.

Lo scienziato iniziò a borbottare fra sé; le morti dei due uomini erano state atroci seppur in modo diverso. Le osservazioni della ragazza concordavano con la sua ipotesi.

«Sei sicura di aver sentito odore di suino vicino a Filostrato? Eppure sai benissimo che si asteneva dalla carne» chiese il matematico lisciandosi la lunga barba bianca e accostandosi a una pianta di lavanda da cui colse distrattamente qualche fiore.

«Ne sono certa; l'ho notato proprio perché sapevo che era vegetariano. Si trattava di una scia debolissima. Lo percepivo a stento perché nella stanza vi era un profumatissimo mazzo di fiori» rispose la giovane con determinazione ripensando a quella mattina.

«L'ipotesi che avevo formulato, cara ragazza, ci porta ad un'unica conclusione triste e crudele. Vieni, sediamoci» con un gesto Archimede invitò la fanciulla a sedersi su una grande roccia bianca.

«Chi li ha uccisi è qualcuno che li conosceva bene, sapeva delle loro malattie e dei loro rimedi, forse viveva con voi; per tuo padre è stato usato il veleno del mamba verde, con una piccola dose si ferma subito il cuore e il respiro. Per Filostrato, invece, l'assassino ha scelto un prodotto dell'uomo, un'invenzione squallida e portatrice di morte usata nelle prigioni, la cantarella. Si tratta di un tossico sconosciuto ai più che uccide in modo doloroso. Filostrato non si è accorto del sentore di suino perché l'omicida ha portato nella sua piccola cella quei fiori; il loro forte profumo ha saturato l'aria della stanza e Filostrato ne è stato ingannato». Archimede si fermò un attimo, guardò la luce del sole che tramontava dietro una grande roccia colorando il cielo di rosa.

«Dobbiamo prenderci un po' di tempo per riflettere; non puoi tornare ad Alessandria e nemmeno io posso accompagnarti. Siracusa ha bisogno di me e ad Alessandria ci attende una trappola mortale. L'assassino potrebbe essere uno dei membri della Camera di Thot; secondo la tradizione oltre al Custode ci sono altri sei scienziati a conoscenza del segreto. Quindi altre due persone sanno della Camera e potrebbero fare di tutto per trovarla, se minacciati da quell'uomo di cui mi hai parlato, quel soldato, Naja» aggiunse il vecchio.

Archimede tornò a rivolgersi alla ragazza prendendole dolcemente le mani «Penserò io a te anche se siamo in grande pericolo; Roma mi odia. Ora ritorniamo a casa. Ho bisogno di parlare con Doriteo» concluse alzandosi in piedi e iniziando a camminare lungo il sentiero.

Daniele e Megarèo di lì a poco li raggiunsero; si faceva notte, era opportuno iniziare la risalita e tornare alla dimora.

Archimede voleva un po' di silenzio e solitudine per raccogliere le idee prima di parlare e confrontarsi con l'amico sugli ultimi eventi accaduti ad Alessandria, sul futuro della Camera di Thot e di Fileide, sulle prossime mosse. La giovane gli aveva raccontato del documento che aveva lasciato allo scienziato alessandrino.

Era più complicato che sciogliere il dilemma dei buoi del sole, per Athena!

Non conosceva tutti gli elementi in gioco, mancava ancora un dato per sciogliere l'enigma; da chi dovevano difendersi?

Ma non ci fu tempo per nulla; giunti a casa, l'inquietante uscio semiaperto fu foriero di tristi lutti. Doriteo giaceva riverso sul tavolo, una pozza di sangue si apriva sui papiri.

Π

# CAPITOLO 11

Vegliarono Doriteo tutta la notte struggendosi per la sua morte insensata e arrovellandosi in molteplici interrogativi.. Non era stata una semplice rapina. Doriteo aveva ancora al collo il suo medaglione e molti strumenti erano sul tavolo. Mancava, però, il planetario. Archimede comprese chi fosse il committente del suo assassinio e del furto della macchina. Marcello, il comandante romano. Non vi erano dubbi. Sapeva che i romani avevano decretato la sua morte ma non si aspettava che avessero sicari in città che potessero agire ben prima della caduta di Siracusa.

E il planetario? Forse un capriccio del generale.

Avevano steso Doriteo sul lettino e Fileide si era accorta del frammento di papiro stretto nella mano sinistra. Con difficoltà lo aveva liberato dalla mano rigida. Lo guardò con attenzione. Vi era una scritta tremolante...

*"La Luna vi indicherà la via per Thot"*

Per la ragazza non fu difficile comprendere il collegamento a quello strano disegno che suo padre le aveva fatto realizzare prima della partenza di Doriteo per Siracusa. Si trattava sicuramente della mappa che rivelava la collocazione della misteriosa e segreta Camera di Thot, per la quale Teofrasto aveva sacrificato tutta la sua vita e che, probabilmente, l'aveva portato nel Regno dei Morti.

Il padre le aveva ordinato di completare una mappa e di inserire tre pianetini in rotazione, tra i quali la Luna; successivamente al disegnatore della Biblioteca, Alexandros, era stata richiesta un'altra immagine che lei non aveva mai visto.

Archimede era rimasto impietrito di fronte alla scena; le emozioni avevano preso il sopravvento sulla lucidità. L'amico era morto al suo posto; l'avevano scambiato per lui. Nessun  dubbio sulla motivazione dell'assassinio.

Doriteo nel corso della notte fu accuratamente lavato e vestito ma era certo che non potevano rimanere più a Siracusa.

Fu Daniele a reagire per primo quella mattina pensando alla sicurezza degli amici. Sorta l'alba con un cenno invitò Megarèo a porsi a fianco di Archimede e prese per mano Fileide che nel frattempo aveva recuperato la sacca che aveva portato dall'Egitto.

A Doriteo furono con delicatezza incrociate le braccia al petto ma dovettero togliere il medaglione di Thot. Fileide lo abbracciò per l'ultima volta e prese con sé anche il portafortuna che l'ingegnere portava sempre al collo; era una pedina del gioco della pesseia  con una piccola figura incisa appesa a un laccio di cuoio. Daniele raccolse in fretta tutti i papiri che contenevano gli ultimi studi di Archimede, completati o appena abbozzati, e qualche oggetto caro al genio che in quel momento sembrava un simulacro del vero Archimede, senza più energie e voglia di combattere.

Per le esequie e la sicurezza del corpo di Doriteo avevano già pensato come agire.

Si recarono da Apollonide, vecchio amico del matematico e di Ierone II, da sempre vicino ai Romani e per questo avverso agli strateghi siracusani che avevano permesso la guerra. Nella sua casa avrebbero trovato rifugio; Apollonide doveva diversi favori ad Archimede, non poteva rifiutarsi di aiutarlo. Bisognava fare presto.

Uscirono dalla casa lasciando aperto l'uscio, poi si mescolarono alla folla che fuggiva impazzita, dirigendosi velocemente verso la lussuosa dimora di Apollonide vicino al Lakkios.

«Si deve dare degna sepoltura a Doriteo» disse Archimede ad Apollonide qualche ora dopo percorrendo in lungo e in largo a passi nervosi la stanza dove il padrone di casa li aveva nascosti. La dimora del mercante era vasta ma frequentemente giungevano messi dei romani e Apollonide voleva che fossero al sicuro.

Erano giunti nel momento di maggior caos; la dimora di Apollonide era una fortezza. I servi, barricati in casa, inizialmente non volevano aprire poi era intervenuto il vecchio mercante in persona. Il racconto di Archimede era stato impetuoso come un fiume in piena, avevano spiegato lo scambio di persona e sottolineato l'urgenza di mantenere il segreto sul fatto che lui fosse ancora vivo. Se il sicario era stato inviato dai romani, per tutti il genio siracusano doveva essere morto.

Il fornitore della casa reale aveva mandato due schiavi a casa di Archimede, che avevano diffuso la notizia della morte del matematico e si erano presi cura del corpo di Doriteo.

Marcello, secondo i racconti che giravano in città, si era mostrato molto dispiaciuto della morte di Archimede. Aveva chiesto ai notabili della città, fedeli a Roma, di trovare i parenti e di onorarli in sua memoria. Si sarebbero poi occupati delle esequie e dei riti tradizionali.

Seguendo il piano di Archimede, Apollonide si era fatto avanti, aveva portato con sé dei finti parenti del defunto che avevano "riconosciuto" il loro congiunto e si erano occupati delle esequie. Le prefiche avevano compiuto le lamentazioni rituali e accompagnato il corpo alla sua ultima dimora.

Apollonide aveva fornito per la sepoltura una tomba che aveva comprato tempo prima subito fuori le porte Aggregane e aveva decorato una colonna laterale con un bassorilievo marmoreo recante una sfera inscritta in un cilindro. Si trattava della solenne ed eterna testimonianza della genialità del matematico siracusano.

All'interno della tomba erano stati incisi nella parete di roccia alcuni trimetri che onoravano la straordinaria intelligenza del matematico ed erano stati lasciati accanto al corpo alcuni modellini metallici, tra i quali il primo prototipo di planetario, che dovevano ricordare alle divinità la sua genialità nella progettazione e costruzione di macchine.

Mentre i siracusani "patrioti" piangevano Archimede e lacrimavano per le sorti della loro bella città depredata di statue, opere d'arte e tesori da parte dei Romani ,che portarono via, sacrileghi, anche i beni del Tempio sacro di Athena, Archimede procedeva alla sua trasformazione ed alla messa a punto del piano che doveva condurlo sano e salvo a Roma.

La morte di Doriteo e il papiro indicavano nel planetario rubato  la sede della mappa per trovare e mettere  al sicuro la Camera di Thot.

*Il sicario di Doriteo come aveva saputo della preziosa mappa?*

Questo era l'interrogativo che Archimede e Fileide si ponevano. Il furto del planetario di Ierone II, più prezioso, era passato quasi inosservato di fronte all'interminabile e incessante razzìa romana.

Si doveva raggiungere Roma.

Apollonide, venne di nuovo in aiuto ad Archimede.

O fu il caso, o fu Athena, la dea della scienza a cui Archimede era devotissimo, Marcello, giudicando inaffidabili i suoi luogotenenenti, incaricò Apollonide del trasporto del tesoro di Siracusa fino a Roma.

Il mercante, in realtà, fu obbligato, con la promessa di poter continuare la sua attività e la garanzia dell'immunità della sua casa e dei suoi familiari, e dovette accettare lo squallido compito di tutelare i beni saccheggiati alla sua città che dovevano far parte della sfilata del trionfo di Marcello a Roma.

Una nota positiva c'era. Aveva carta bianca e nessuno avrebbe potuto interferire con le sue decisioni; quali schiavi condurre con sé, quali familiari, in che modo organizzare il carico di tesori sulle navi onerarie messe a sua disposizione. Avrebbe accontentato il vecchio Archimede nel suo folle proposito di andare a Roma.

Tra i tesori a lui affidati, tuttavia, non c'erano i planetari; il Generale romano li custodiva personalmente .

Nell'isola di Ortigia in quella che fu la dimora di Ierone II, intanto, nella grande stanza del trono Marcello ammirava i due planetari di Archimede. Merico e Soside erano già in viaggio per Roma, per richiedere la ricompensa.

Il comandante, semisdraiato su un lussuoso triclinio, guardava compiaciuto i due meravigliosi congegni meccanici. Ai senatori aveva preparato una sfilata di così grande abbondanza di ricchezze e sfarzo che sarebbe rimasta nella storia; peccato separarsi dal planetario d'oro ma il popolo l'avrebbe amato ancora di più. Sarebbe stato il suo dono per il Tempio della Virtus.

Lui avrebbe portato l'altro nella sua dimora e l'avrebbe posto nella Sala dei banchetti suscitando l'invidia degli amici. Dopo la furia del saccheggio, promesso alla soldataglia, aveva preso accordi pacifici con i notabili di Siracusa e il governo della città era ristabilito sotto l'egida di Roma. Apollonide aveva in custodia tutti i tesori che avrebbero abbellito ulteriormente l'Urbe, diffondendo la cultura classica e rendendo nel futuro la "domina" serva culturale dell'ancilla.

Marcello non aveva perso, intanto, l'occasione di farsi ritrarre davanti al Tempio di Athena con i due planetari. Marco Gaio Nobiliore, suo luogotenente, giovane figlio di un suo grande amico era uno straordinario artista e aveva già realizzato un magnifico schizzo che sarebbe stato poi riportato sulla parete principale  della sala delle udienze nella sua dimora romana.

# CAPITOLO 12

A Roma

Qualche settimana dopo

L'ovazione tributata al generale Marcello alla fine di quella gloriosa estate  rimase nella storia di Roma e del mondo antico. Sfilarono davanti ai romani le ricchezze di Siracusa, statue e doni votivi alle dee, coppe, piatti e calici d'oro e d'argento, un quadro raffigurante la presa di Siracusa e catapulte e baliste.

Il planetario della reggia di Ierone II, invece, splendeva di luce dorata sopra la gradinata principale del tempio della Virtus, dono del Generale vincitore ai romani che, se possibile, l'amarono ancora di più.

In mezzo alla folla che inneggiava a Marcello vi erano anche Fileide, abbigliata alla romana, Megarèo e Daniele, e Archimede, irriconoscibile, senza barba e con i capelli corti e tinti di nero. La navigazione era durata circa tre giorni nei quali Daniele e Fileide avevano avuto modo di stringere una singolare amicizia; estremamente timidi e riservati li si poteva vedere conversare animatamente per ore su questioni letterarie o scientifiche per poi trincerarsi in un imbarazzato silenzio nelle ore serali.

Megarèo, desideroso di muoversi per non patire il rollìo delle onde,  aveva aiutato i marinai nelle faccende ordinarie mentre Archimede si era rinchiuso in un preoccupante mutismo. Troppe erano state le emozioni e i dispiaceri degli ultimi tempi. Per il vecchio scienziato, sopraffatto dal senso di colpa per la morte di Doriteo, ormai esisteva solo la missione affidatagli dall'amico e indirettamente da Teofrasto; scoprire i traditori e difendere la Camera di Thot, chiuderne per sempre l'accesso a tutti, se necessario, e preservarla da furti e rapine in attesa di un futuro diverso. Per quel tesoro del sapere troppe persone erano morte o avevano sofferto.

La meta si avvicinò troppo presto e dopo lo sbarco ad Anzio i quattro si separarono dal gruppo di schiavi e familiari di Apollonide. La loro missione richiedeva segretezza. Si muovevano in mezzo alla folla o nell'ombra alla ricerca del planetario gemello. Una segreta speranza li univa; che nessuno si fosse accorto del prezioso cartiglio nascosto in uno dei pianeti.

A Daniele non sfuggirono tra i protagonisti della sfilata l'ispanico Merico e il siracusano Soside, che portavano corone d'oro; i vili celebravano così il loro tradimento. Archimede osservava il corteo in silenzio, pallido in volto; la sua città non sarebbe più stata libera e mai avrebbe potuto tornarvi. La sua Siracusa non c'era più.

Fileide, in disparte, era concentrata sul suo compito; durante il viaggio in nave aveva sentito alcuni siracusani al seguito di Apollonide raccontare di un planetario che era stato consegnato a Marcello prima del saccheggio di Siracusa. Ricordavano quel particolare perché, secondo quanto gli avevano detto alcuni militi di stanza al quartier generale, la macchina non era stata consegnata come parte del bottino e il generale sin dall'inizio l'aveva gelosamente conservata nella sua tenda. Pare fosse destinata alla sua dimora. Ne aveva subito informato Archimede che aveva iniziato a porsi nuovi interrogativi.

Il furto era molto strano perché solo un siracusano poteva sapere del planetario gemello e del luogo dove veniva conservato.

L'ipotesi che l'assassino fosse un suo concittadino prendeva sempre più corpo; in cambio di denaro e promesse aveva trafugato lo straordinario congegno e ucciso Doriteo. Ma che importanza poteva avere il suo planetario per Marcello? Era impossibile che il generale romano fosse informato della mappa nascosta.

Recuperare la mappa sarebbe stato molto difficile. Il destino, tuttavia, venne incontro ad Archimede ed ai suoi compagni.

A Soside , che aveva consegnato la città ai Romani, furono dati 500 iugeri di terra e la cittadinanza, a Merico e agli altri  ispanici che avevano permesso l'ingresso nell'Isola di Ortigia, alcune terre in Sardegna.

Soside non si ritenne soddisfatto della ricompensa e decise di vendicarsi nei confronti di Marcello. Forte dell'alleanza di Merico, in procinto di lasciare Roma per la Sardegna, e della conoscenza di alcuni attendenti di Marcello, per cui aveva scelto a Siracusa personalmente delle "pornai" bellissime, professioniste nell'arte di compiacere un uomo, il siracusano organizzò il furto.

Tra tutti i tesori portati nell'Urbe per Marcello il più importante era il planetario di Archimede che girava silenziosamente nella sua Sala dei Convivi.

Nessuno al mondo possedeva una tale meraviglia e anche se non era d'oro come quello che aveva donato al Tempio era un simbolo di grande prestigio.

Dal rientro a Siracusa il generale, tuttavia, non aveva potuto dedicarsi alla vita privata perché sempre impegnato in Senato a ricevere gli sconfitti delle varie campagne militari con le loro richieste.

Il furto del planetario custodito nella sua dimora, secondo Soside, poteva essere un vero schiaffo per Marcello.

Il siracusano organizzò la strategia della rapina, pagò lautamente un servo di Marcello e preparò un mezzo di trasporto.

Approfittando di un'assenza prolungata del generale, di cui ebbe notizia da un attendente, tutto si compì di notte. Soside trovò ad attenderlo alla porta secondaria della dimora del generale uno dei servi che erano stati corrotti che gli consegnò il prezioso macchinario. Mentre la luna splendeva alta nel cielo sul carro che lo portava verso la locanda dove alloggiava sfiorò il delicato congegno.

*Questa macchina è di nuovo nella mia vita; forse è destino che rimanga con me, pensò.*

Giunto nella stalla dove aveva chiesto al locandiere di poter lasciare il suo cavallo, avvolse il planetario in un pesante drappo di canapa e lo nascose in un angolo. Soside andò a silenziosamente a riposarsi nella stanza comune; nella locanda dormivano già tutti. La mattina dopo la notizia del furto del planetario si diffuse facilmente nella dimora del generale e poi in tutto il quartiere, portata dagli schiavi e dalle ancelle, timorosi della reazione di Marcello.

Nella locanda, intanto, Soside, mentre si dirigeva verso la stalla, ordinava al suo servo di cercare Merico e organizzare il viaggio verso la Sardegna.

Si doveva affrettare la partenza, erano pochi ancora a Roma a sapere del secondo planetario. Marcello non avrebbe impiegato molto tempo a collegare la sparizione del congegno con le sue rimostranze al Senato. Il generale sapeva da chi erano state trafugate le "macchine" a Siracusa.

Il planetario riposava sul fieno. Soside lo pose su una base di legno e lo guardò con attenzione; una fessura sulla sferetta della Luna lo incuriosì.

# CAPITOLO 13

Roma

Di siracusani giunti a Roma e vicini a Marcello non ve n'erano poi molti; le lamentele pubbliche di Soside e Merico dopo il conferimento della ricompensa erano giunte anche all'orecchio di Apollonide, che ancora si trovava a Roma, per ricominciare il suo giro d'affari con l'Urbe interrotto dal conflitto.

Archimede, che si era sistemato in una locanda vicina alla casa di Marcello, venuto a conoscenza dalle voci che giravano sul furto del planetario, mandò Megarèo da Apollonide con un messaggio.

Lui con le sue conoscenze sicuramente ne avrebbe saputo di più della vicenda. La nuova sparizione della macchina era quantomeno strana. Ma quanti giocatori c'erano in quella strana caccia alla mappa?

Era vitale far presto prima che il segreto fosse svelato e la Camera di Thot potesse correre qualche pericolo.

Nel primo pomeriggio un servo raggiunse la compagnia e si appartò con Daniele; Soside si apprestava a partire da Anzio quella sera.

∞

Il destino e la macchina dei pianeti riservavano all'avido fabbro siracusano una sorpresa. Staccata la sferetta della Luna dal braccio, inserì un punteruolo di ferro nella fessura presente nel piccolo globo metallico che si aprì con facilità. Tra le dita il fabbro si ritrovò un piccolo papiro ripiegato più volte. Una mappa!

L'emozione pervase il suo cuore freddo; la comprensione della fortuna che gli era capitata non tardò a farsi viva nella sua mente. Le scritte che circondavano i disegni erano per lui incomprensibili ma riconobbe senza dubbio l'immagine della Sfinge. Da solo non aveva senso andare in Egitto, le spese di affitto di un'imbarcazione erano molto alte e poi in quel paese non conosceva nessuno; ci sarebbe stato anche bisogno di una persona che sapesse comprendere la mappa con quegli strani disegni geometrici. Avrebbe dovuto raccontare a Merico della mappa e convincerlo a seguirlo in quell'avventura. L'amico aveva viaggiato molto con l'esercito romano, aveva vecchi compagni ovunque, forse, conosceva anche qualcuno in Egitto. Avrebbe atteso quella sera, al porto, prima della partenza; l'avrebbe convinto a cambiare direzione. Cosa c'era da perdere? Nulla, anzi tutto da guadagnare. Prima di parlare con l'amico, però, doveva assicurarsi di una cosa; tornò in città.

ς

Quella notte al Porto di Anzio sarebbe iniziata la fuga dei due traditori. Vicino ad una grande nave oneraria era attraccata una piccola imbarcazione commerciale, nei pressi c'erano due uomini che confabulavano nel buio guardando dentro un carretto alla luce di una torcia.

Nascosto dietro una lunga fila di anfore e merci, Daniele, spiava la scena; dietro di lui Megarèo. Più lontano, vicino ad un magazzino, Fileide e Archimede attendevano. Il genio e la ragazza avevano raccontato a Daniele la storia del planetario; a lui e a Megarèo era affidato il compito di recuperare la macchina e, se era stata già trovata, una mappa nascosta in un pianeta da Doriteo.

Era stato Apollonide con i suoi informatori a scoprire che il fabbro, che ormai a Roma era stato notato per l'arroganza e i modi incivili, aveva affittato un'imbarcazione ad Anzio. Il mercante siracusano aveva anche fatto trasportare il gruppetto al porto mettendo a loro disposizione, in caso di necessità immediata, una nave con un comandante ed una grossa somma di denaro per un'eventuale partenza.

La discussione fra i due mercenari intanto si stava facendo bollente, Daniele riuscì a sentire qualche frase.

«Un tesoro? Ma ne sei sicuro?» chiese Merico sporgendosi per distinguere meglio il disegno del papiro che stavano consultando.

«Amico, secondo te il vecchio si sarebbe fatto ammazzare solo per questa macchina? Conosci il greco? Vedi? Ci sono delle scritte sotto la Sfinge e degli strani disegni» rispose il siracusano segnando un punto sulla mappa.

«So solo qualche parola di greco; comunque ad Alessandria ho ancora qualche amico» disse l'Ispanico scuotendo il capo.

«Bene, imbarchiamoci sulla nave e quando arriviamo a Siracusa proseguiamo» ribattè Soside..

«Non è così semplice. Sul Mediterraneo ancora incrociano navi cartaginesi, ci vorranno tempo e soldi» spiegò il mercenario.

«Senti, amico, se la cosa non ti interessa, finiamola qui. A Siracusa ci separiamo». Soside contrariato sottrasse la mappa dalle mani dell'amico ma Merico tentò di fermarlo bloccandogli il polso.

In quel momento un gigante si abbatté su di loro mentre un'altra ombra emersa dall'oscurità prese il sacco di corda dove era custodito il planetario che Soside aveva smontato alla ricerca di altri indizi. Nella foga del momento Daniele non si accorse che il sacco non era ben chiuso; alcune rotelle dell'ingranaggio ed uno dei bracci piccoli della macchina caddero e rotolarono per celarsi sotto alcune anfore di vino poggiate per terra e pronte per essere imbarcate.

Daniele corse a consegnare il fardello a Fileide, nascosta dietro un magazzino, e tornò a dare man forte a Megarèo che si era già liberato di uno dei due mercenari.

Tutto si era svolto con una celerità incredibile. Merico era stato spinto in acqua mentre Soside si era attaccato al braccio del gigante che teneva in una mano la mappa tentando di strappargliela. Stava per uscire un coltello affilato per colpire lo schiavo nero ma una bastonata pose fine al suo tentativo. Daniele era intervenuto. Mentre Merico gridava nell'oscurità cercando aiuto, Soside perse conoscenza.

Π

## In mare aperto, due giorni dopo

Erano in navigazione verso l'Egitto; Archimede si era dovuto imporre. Megarèo voleva gettare in acqua Soside mentre era svenuto e per quello sarebbe stata morte certa ma il matematico, non avendo la sicurezza che fosse lui l'assassino di Doriteo, aveva impedito l'omicidio. Archimede era contrario alla violenza, mirava alla difesa e non alla crudeltà, anche quando aveva progettato le sue macchine.

Sulla nave il siracusano aveva ritrovato la sua energia e studiava con attenzione la mappa. La località era stata subito individuata ma Teofrasto aveva sicuramente pensato ad un eventuale furto del documento e aveva inserito un enigma.

La scritta sotto la Sfinge era unita a tre cerchi in rotazione posti in successione; la combinazione dei numeri scritti sotto le figure geometriche non erano presenti in nessuna delle regole e teorie da lui conosciute quindi non poteva trattarsi di un indovinello matematico.

Archimede strinse l'amuleto che gli aveva regalato Conone, raffigurante un babbuino, e che portava sempre appeso al collo cercando nella sua memoria qualche enigma o formula legata a tre cerchi ma non rammentava nulla; forse i papiri rimasti nella sua casa avrebbero potuto aiutarlo. Ad Alessandria, comunque, avrebbe avuto a disposizione tutta la Biblioteca. Lo strano quartetto pensava già all'arrivo in Egitto; Fileide, che accarezzava i cordoncini che portava al collo con l'amuleto dono di suo padre con inciso un papiro arrotolato e la pedina della pesseia di Doriteo, era nel contempo felice e ansiosa. Megarèo e Daniele emozionati di rivedere la loro prima città d'adozione e la Biblioteca.

Daniele, però, giungeva ad Alessandria con un dolce segreto nel cuore; quel sentimento che aveva visto crescere sempre di più e nutrirsi di tanti pensieri, desideri e sogni che lui e Fileide si confidavano nelle notti di navigazione. La loro "amicizia" si era trasformata in qualcosa alla quale, ancora, non volevano arrendersi. Per lui guardare la fanciulla era una fonte inesauribile di gioia; la sbirciò di nascosto lì, sul ponte della nave mentre si godeva la brezza marina pomeridiana, e colse il lampo di uno sguardo fuggitivo.

# CAPITOLO 14

ALESSANDRIA D'EGITTO

Da giorni Alexandros si sentiva osservato. Spesso, soprattutto nel tardo pomeriggio, gli sembrava di avvertire uno sguardo fisso su di sé. Ctesibio lo aveva avvisato; dei Custodi della Camera di Thot rimanevano solo in due. Alexandros, in qualità di disegnatore, era depositario di alcune informazioni importanti. Era anche lui in pericolo.

Ctesibio gli aveva consigliato di rifugiarsi ad Aspenda, presso la sua casa. Lì nessuno lo conosceva nella sua reale identità; si faceva chiamare Erone, tutti lo conoscevano come un vecchio pazzo.

Pazzo non era affatto, anzi, continuava a inventare macchinari che sfruttavano l'aria e l'acqua. Erano piccoli, ma funzionanti.

Sembravano giocattoli per gli infanti ma erano opere difficilissime da realizzare e complesse da progettare. Aveva costruito una casetta di bambole collegata a dei recipienti dove le porte si aprivano da sole.

Alexandros, tuttavia, anche se sentiva attorno a sé un'ombra scura avvicinarsi sempre di più voleva finire i lavori che Teofrasto gli aveva assegnato.

Per disegnare e ricopiare le ultime mappe aveva bisogno del suo studio e dei testi della Biblioteca a disposizione.

Man mano che finiva i vari papiri, sentendosi quasi un fiato maligno che sul collo gli faceva arricciare tutti i fini capelli rimasti, li nascondeva nel recetto di cui solo lui, Teofrasto e Dositeo conoscevano l'ubicazione. In vista ma nascosto ai più.

Quella sera una tempesta di sabbia aveva tinto il cielo di un colore rosso portatore di sventure. A casa non lo aspettavano; ormai tornava sempre più tardi, anche a notte fonda.

Nella Biblioteca non vi era più nessuno; stava per chiudere dietro di sé il pesante uscio a doppio battente, fatto di prezioso legno del Libano, quando un cappuccio fu chiuso sulla sua testa. Un colpo lo stordì.

Si risvegliò a fatica con un sordo dolore al capo e si ritrovò in una cella. Era sottoterra. Macchie di muffa alle pareti, odore di escrementi e paglia insanguinata sotto i suoi piedi.

Entrarono due uomini; indossavano una maschera. Il più muscoloso lo tirò in piedi e lo fece sedere su un tronco di legno. L'altro, con i polsi rovinati da cicatrici, gli assestò un pugno in piena faccia.

«Ora, dicci tutto quello che sai sulla Camera segreta» esordì l'uomo con la maschera dalle fattezze di Seth, il potente.

Alexandros provò a spiegare che non sapeva nulla, disse che il suo solo compito era disegnare quello che Teofrasto gli chiedeva.

Non ci fu verso di convincerli che solo pochissimi sapevano l'ubicazione della Camera.

Lo ferirono alle braccia, poi alle gambe, con coltelli e bastoni.

Minacciarono la sua famiglia, cercarono di terrorizzarlo bucandogli un occhio con uno stilo.

L'uomo più alto ripeté per tre volte la domanda: «Dove si trova la Camera del Tesoro?»

Alexandros non rispose.Non lo sapeva, ma conscio ormai della sua fine non avrebbe detto nulla che potesse rendere inutili le morti di Teofrasto e Filostrato e forse anche di Doriteo e Dositeo, di cui da tempo attendeva notizie ma che sembravano scomparsi.

Ormai quasi cieco non si accorse dell'uomo con la maschera di Toth che gli si avvicinava dal lato dell'occhio perduto e lo infilzava con una corta spada.

4

Porto di Anzio

Soside rinvenne su una banchina del porto di Anzio alle prime luci dell'alba; attorno a lui iniziava a risvegliarsi l'attività del porto. Subito pensò a Merico; le sue urla erano filtrate nella sua coscienza, prima più forti e ravvicinate, poi lamenti fievoli, poi silenzio. L'esperto mercenario da sempre aveva una sola paura, l'acqua, non aveva mai imparato a nuotare. *Meglio così, niente discussioni ormai. Lui era l'unico padrone della mappa, pensò.*

Maledizione a quel gigante; ricordava di averlo visto a Siracusa accompagnare in giro Archimede. Non rammentava il nome ma lo schiavo era sempre insieme a un giovane scuro di carnagione dall'aspetto di uno scriba.

Malconcio e con un gran mal di testa il siracusano si rialzò, salì sull'imbarcazione che lo attendeva per prendere il largo; il comandante lo salutò, gli comunicò che le merci da trasportare erano state imbarcate, il mare era favorevole, in circa tre giorni sarebbero giunti a Siracusa.

Soside estrasse un foglio di papiro ripiegato dalla tasca del mantello, la copia della mappa che saggiamente aveva fatto riprodurre prima della riunione notturna con Merico.

A Siracusa avrebbe convinto il comandante a proseguire per Alessandria; era quella la sua meta.

# CAPITOLO 15

ALESSANDRIA D'EGITTO

Nella bella città di Alessandria platani alti e frondosi e profumi esotici sparsi nell'aria favorivano lo studio dei sapienti; un mormorio cristallino di acque provenienti dalle varie fontane sparse qua e là tra le ombre degli alberi allietava i meritati momenti di ozio.

Una ninfa scolpita sembrava coprirsi con un peplo per ripararsi da un venticello capriccioso, vi erano statue marmoree ovunque, sedili di marmo, piccole radure allestite per le conversazioni e i banchetti all'aperto. Sullo sfondo di un grandissimo giardino, diviso in due da un viale di platani e agnocasti, una struttura grandiosa. Un gigantesco portico marmoreo accoglieva il visitatore che si ritrovava in una sala immensa in cui migliaia di libri erano depositati in ampie nicchie sui muri; corridoi e sale di consultazione si dipartivano dal salone centrale per poi diramarsi verso l'esterno e il sotterraneo. Nella parte posteriore della Biblioteca vi era il Liceo e il Museo con le sale piene di tutti i campioni di animali e piante conosciute, di seguito i recinti di animali e l'orto botanico.

Della grandezza e magnificenza della città Soside si era accorto già dall'ingresso del Porto. Durante il viaggio da Siracusa un marinaio originario di Alessandria gli aveva consigliato di rivolgersi alla Biblioteca per tradurre il testo riportato sulla mappa, che appariva senza senso, e farsi spiegare i disegni geometrici, si parlava di pianeti e di potenza, appariva poi il nome di Thot.

L'astuto mercenario, tuttavia, comprendendo la preziosità del documento non poteva affidarlo a nessuno; ci voleva astuzia e preparazione. Gli schiavi di Archimede, sicuramente, stavano arrivando ad Alessandria per lo stesso motivo; li muoveva poi, un'altra ragione più impellente. La vendetta dell'omicidio del vecchio. Erano riusciti a giungere a Roma sani e salvi, già questo era straordinario; dovevano avere amicizie potenti. Alessandria sarebbe stata la loro prossima meta; era curioso di vedere che li avrebbe accompagnati.

$$\Theta$$

I quindici giorni della navigazione per Archimede trascorsero veloci, il sedicesimo giorno di fronte a loro vi era il Porto Grande di Alessandria.

La magia dell'arrivo in Egitto era stata annunciata dal grande e meraviglioso Faro che svettava sull'Isola di Pharos. La sua straordinaria grandezza e magnificenza, la genialità del suo artefice si coglievano a grande distanza; la statua di Zeus Soter brillava sotto i raggi imperiosi del sole africano e un caleidoscopio di luci che si dipartivano a raggiera dalla sommità era così forte da abbacinare i naviganti che giungevano in prossimità delle tre torri. Di giorno la vista della meravigliosa costruzione era ancora più spettacolare; il Faro si poteva ammirare fino a quasi cinquanta chilometri di distanza ma solo chi vi passava vicino poteva ammirare le tre torri tutte di marmo, poste una sopra l'altra, e l'incessante movimento di uomini e bestie che portavano nell'ultima torre il combustibile necessario affinché il fuoco non si spegnesse mai. Ma la potenza e la straordinarietà della luce era unica al mondo perché attorno alla lanterna sempre sfolgorante gli alessandrini avevano posto un cerchio di specchi parabolici di bronzo che la riflettevano e moltiplicavano.

Un gigantesco basamento sosteneva questa meraviglia del mondo antico, alta 117 metri, che annunciava al viandante le ricchezze scientifiche e tecnologiche della città di Alessandria, la città voluta da Alessandro il Grande, la città della scienza, la città di Euclide ed Eratostene. Sopra una torre che custodiva una fortezza di trecento stanze si innalzava un torrione ottagonale che conteneva rampe a spirali e sosteneva il cilindro finale dove brillava la luce che indicava la via ai naviganti sotto il benevolente sguardo di Zeus.

L'isola di Pharos, cantata per primo da Omero, era collegata ad Alessandria la magnifica con una diga lunga sette stadi, un'altra meraviglia della città della scienza, l'Eptastadio.

Quando Archimede fu abbastanza vicino da vedere i minacciosi Tritoni posti agli angoli del primo torrione e lesse l'iscrizione dedicatoria alle divinità della luce splendente, Castore e Polluce, i suoi occhi si inumidirono. Sapeva del successo prodigioso dei suoi specchi progettati e costruiti per il Faro sulla base degli studi di conica e catrottica, iniziati con Conone, e terminati da solo a Siracusa; decine di missive gliene avevano parlato, tante altre gli erano giunte  a Siracusa da mercanti e armatori salvati dal Faro nelle notti di tempesta, ma vedere l'effetto della sua creazione lo lasciò senza parole.

Qualche ora dopo quando approdarono al porto di Alessandria ancora Archimede aveva negli occhi quelle straordinarie luci baluginanti; Fileide, credendo si fosse intristito nuovamente pensando agli anni trascorsi alla Biblioteca con Doriteo, decise di dargli l'amuleto dell'amico, quella minuscola pedina della pesseia che prontamente il siracusano legò al collo insieme al cordoncino che non si toglieva mai con il piccolo "babbuino" regalato a lui e agli altri compagni della scuola dal maestro Conone.

In realtà il matematico siracusano era tornato col pensiero al suo ultimo approdo ad Alessandria con la nave Syrakosia.

Il viaggio era stato completamente diverso; sulla lussuosa nave si era intrattenuto nei giardini con uno scienziato greco giunto appositamente da Naxos per realizzare speciali coltivazioni in giare che venivano irrigate con un complicato sistema idraulico; aveva trascorso del tempo nella Biblioteca ammirando la copia del suo planetario dipinta sul soffitto e spesso la peschiera posta a prua l'aveva affascinato con la molteplicità dei pesci che vi guizzavano e l'armonia del loro moto.

Questa volta ad Alessandria non vi erano più gli amici del Museo ad attenderlo, questo viaggio era caratterizzato dai lutti e da un mistero che ancora doveva essere risolto.

Chi aveva tradito Teofrasto e i sodali della Camera di Thot? Forse Filolao, l'unico sopravvissuto avrebbe potuto aiutarli.

Giunti ad Alessandria con così tanti interrogativi ancora aperti i quattro avevano preferito sbarcare nel completo anonimato; Archimede portava ancora i capelli tinti di scuro, Fileide, d'altra parte, aveva abbandonato la sua tunichetta bianca e indossato una parrucca e una veste femminile elaborata di foggia orientale.

Daniele e Megarèo scesero per primi dalla nave; tornarono dopo circa un'ora. Non vi erano drappelli di soldati in giro e nei pressi della Biblioteca sembrava tutto tranquillo.

Archimede e Fileide ad un loro cenno lasciarono la nave e salirono su un carretto da trasporto; non potevano mostrarsi direttamente a Filolao, temevano che Naja avesse qualche spia nella Biblioteca.

Sarebbe andato Daniele a cercare il filosofo.

Attesero la tarda serata in un luogo di ristoro.

Daniele al tramonto si recò alla Biblioteca con Megarèo per incontrare Filolao. Dopo aver percorso l'immenso corridoio della Biblioteca furono introdotti in una delle tante sale di lettura e rimasero in attesa.

D'un tratto delle grida improvvise turbarono il silenzio di quel sacro luogo, ormai quasi deserto in quel momento della giornata. Di fronte a loro passò correndo lo scriba che li aveva ricevuti e Daniele fu veloce nel bloccarlo.

«Il segretario di Filolao si è recato nello studio per chiamarlo» raccontò l'uomo in preda al terrore.

«Il filosofo è scomparso e per terra vi sono tracce di sangue. Solo la scorsa settimana abbiamo trovato morto Alexandros, il disegnatore. Per Thot, cosa sta succedendo nella Biblioteca? Andate via. Stanno arrivando i soldati» concluse angosciato lo scriba spingendoli verso il lungo corridoio.

L'uomo si allontanò in preda al terrore lasciando Daniele e Megarèo attoniti. Con un cenno del capo il giovane fece cenno al gigante di affrettarsi verso l'uscita. Il collegamento fra la loro visita e la sparizione del custode sarebbe stato immediato.

Naja poteva collegare la sparizione di Filolao con la loro visita improvvisa a quell'ora strana. Da quello che Fileide aveva raccontato loro il comandante era malvagio e crudele, non perdeva tempo, se voleva sapere qualcosa torturava e uccideva.

Ritornarono velocemente alla locanda; qualche minuto dopo tutto il gruppo si muoveva verso Giza a bordo di un

carro. La notizia della morte di Alexandros intristì Fileide
ma fece impallidire Archimede; le sue peggiori ipotesi
sembravano trovare conferma.

# CAPITOLO 16

PIANA DI GIZA

Il giorno dopo

Filolao era ancora in uno stato di torpore; l'arrivo di quell'uomo strano, tutto vestito di cuoio era stato improvviso, così come l'aggressione.

Si era presentato come un amico di Archimede mentre si trovava nel suo studio, era tarda sera. Gli si era avvicinato dicendo poche parole e gli aveva aperto davanti una mappa che svelava la localizzazione della Camera di Thot.

Filolao l'aveva immaginata tante volte ma non l'aveva mai vista; l'aveva tanto cercata. Mentre studiava la strana congerie di figure e frasi e formule matematiche cercava di prendere tempo.

*Soside non gli ispirava fiducia; come era giunto in possesso della mappa?*

Senza dare nell'occhio, fingendo di cercare un documento nei numerosi scaffali, riuscì ad accendere una torcia e ad agitarla tre volte senza farsi vedere da Soside, ancora chino sul papiro, prima di collocarla proprio sul davanzale più grande, che dava sul retro della Biblioteca, dove stazionavano le Guardie.

«Per risolvere l'enigma ho bisogno d'aiuto; sono un filosofo non un matematico». Sentendo queste parole l'assassino di Doriteo si adirò e iniziò a strattonare Filolao con sempre maggiore intensità.

«Devi essere tu a spiegarmi tutto. Sei l'unico a poterlo fare mi hanno detto. E non chiamare nessuno. Pena la tua vita» lo minacciò l'uomo.

Filolao rimase senza parole e iniziò a serpeggiare nelle sue vene il timore. L'uomo si avvicinava sempre di più con aria minacciosa; ad un certo punto lo prese per il collo e lo issò in aria.

«Non prendermi in giro; tu sai, tu hai capito dove andare e come entrare» lo apostrofò il mercenario guardandolo negli occhi.

Il filosofo, pallido e gracile, iniziava a temere per la sua vita e continuava a bisbigliare che aveva bisogno di aiuto per decifrare le scritte e il loro senso. Soside si spazientì e lo gettò a terra con violenza mandandolo a sbattere contro una basso tavolino in legno.

Del sangue iniziò a scorrere dal naso di Filolao che, terrorizzato, si immobilizzò, memore del trattamento subito in carcere. A quel punto l'altro iniziò a trascinarlo verso un'uscita secondaria della Biblioteca; in un anfratto tra due costruzioni aveva lasciato un servo che aveva comprato al porto e un carro. Data la natura del documento da interpretare aveva immaginato che avrebbe potuto incontrare una certa resistenza.

Così erano giunti a Giza.

Θ

Quella mattina Filolao e Soside avevano girato in lungo e in largo attorno al basamento della Sfinge ma non avevano visto alcun tipo di figura che potesse collegarsi al disegno; Soside iniziava a spazientirsi e a diventare sempre più nervoso.

D'un tratto sentirono il rumore di un carro che si avvicinava e delle voci; si nascosero dietro una piccola costruzione posta vicino alla Sfinge dove, quando era necessario, si rifocillavano gli addetti alla manutenzione dello splendido monumento. Dal carro scesero un uomo altissimo e uno più piccolo e agile: Soside li riconobbe subito. Erano i responsabili della morte di Merico; i servi di Archimede.

I due si guardarono intorno con circospezione; ad un loro cenno altre due figure lasciarono il veicolo per avvicinarsi alla Sfinge.

Doveva approfittare di loro per trovare il Tesoro e vendicare l'amico; con sicurezza uscì dal casotto reso rovente dal sole tenendo Filolao davanti a sé con un coltello puntato alla gola.

Arrivò alle spalle del gruppetto che dopo un primo giro veloce attorno al monumento era fermo dietro a uno di loro intento a guardare un punto preciso del muro posto sotto la zampa sinistra della Sfinge.

«Vi stavo aspettando» esordì Soside con baldanza mentre Filolao si dimenava mugolando fra le sue braccia.

Quando Archimede si girò Soside rimase senza parole e per un attimo allentò la presa su Filolao che cercò di liberarsi dalla stretta dell'uomo. Guardò con attenzione il vecchio davanti a lui e non si fece ingannare dallo strano aspetto. Solo in quell'attimo comprese l'errore compiuto.

«Archimede, dunque sei vivo! Come hai fatto a giungere qui? Chi ho ucciso, allora?»

«Un mio caro amico» rispose Archimede cercando di trattenere con lo sguardo Megarèo che stava per avventarsi su Soside.

Il fabbro assassino teneva ancora il pugnale troppo vicino alla gola di Filolao che, pallido e madido di sudore, rimaneva in silenzio.

«Ora lascia andare quell'uomo. Non riuscirò a frenare a lungo la rabbia del mio servo. Soside, usa l'astuzia, che possibilità di vivere hai? Siamo quattro contro uno» disse Archimede in tono persuasivo.

«Io l'ammazzo» urlò il fabbro siracusano vedendosi in difficoltà e facendo spuntare un rivolo di sangue nel bianco collo del filosofo alessandrino che pareva sul punto di svenire.

La possibilità che un altro uomo potesse perdere la vita in quella vicenda spinse Archimede a cercare un accordo. Su Filolao nutriva dei dubbi ma Fileide voleva bene a quell'uomo anche se più di un indizio lo rendeva il principale sospettato per gli assassini di Teofrasto, Filostrato e, per ultimo, Alexandros.

«Soside, cosa speri di trovare nella Camera di Thot?» gli chiese.

«Oro, ricchezze, tutto quello per cui il tuo amico, quello che avevo scambiato per te si è fatto uccidere» rispose sprezzante l'uomo, ormai convinto di aver raggiunto la fine della sua avventura.

Il tesoro era lì da qualche parte.

«Niente oro ma il tesoro della conoscenza, migliaia e migliaia di papiri. Non c'è niente di prezioso per te, ora, ti prego, lascia andare Filolao» spiegò Archimede.

«No, non ti credo. Lui muore se non ti sbrighi a trovare l'ingresso di questa maledetta Camera» ribattè l'assassino spingendo la lama ancora di più.

Vedendo Soside spazientirsi e Filolao ad un passo dal perdere conoscenza Archimede si avvicinò di nuovo al basamento della Sfinge e osservò con più attenzione quella strana fessura nella roccia; l'apertura non era naturale, la forma era troppo nitida.

Infilò il dito, senza ascoltare gli ammonimenti di Daniele timoroso dei letali scorpioni del deserto, e rilevò nella roccia una forma rotonda cava, perfetta.

La Camera era stata progettata da Doriteo.

Un lungo padiglione fatto di tende addossate le une alle altre nascondeva a tutti l'apertura e cosa accadeva in quel luogo quando l'amico vi si recava; poi tutto veniva smontato. Gliel'aveva raccontato quando era giunto a Siracusa.

Doriteo e la sua passione per la matematica, i suoi passatempi, la sua eredità; Archimede si sforzava di pensare a qualche altro indizio che l'amico potesse avergli dato involontariamente ma, pressato dalle minacce di Soside e dalla rabbia di Megarèo che a breve sarebbe esploso mettendo a rischio la vita di Filolao, gli era difficile ragionare lucidamente.

Con un gesto automatico che lo aveva accompagnato negli ultimi giorni iniziò ad accarezzare gli amuleti che teneva al collo e d'un tratto ritrovò la sagoma della fessura nel portafortuna di Doriteo.

Senza dire nulla agli altri si sciolse il cordoncino dal collo e ne estrasse il piccolo cerchietto.

Lo posizionò sulla sagoma e spinse forte, la pedina rientrò nel muro e si udì uno scatto. Poi un cigolìo sinistro iniziò a farsi sentire dalle viscere del monumento e d'improvviso la parete si spostò a sinistra rivelando tre maniglie circolari di bronzo.

Fileide si avvicinò ad Archimede e così Daniele mentre Megarèo teneva d'occhio Soside che non mollava la presa. Filolao sembrava svenuto.

«Forza vecchio, forse riuscirai a salvare almeno questo dei tuoi amici!» disse Soside sprezzante.

Fileide aprì la mappa davanti ad Archimede e l'appoggiò sulla porzione di parete che si era spostata misteriosamente.

Ecco finalmente i tre cerchi concentrici che sovrastavano la strana formula "Il Sole vale tre volte la Luna e sommati valgono la  Stella di Thot".

Si trattava di rotazioni delle maniglie, ma qual era il rapporto fra le tre? Come riconoscere i pianeti di riferimento?

Archimede abituato alla solitudine ed alle elucubrazioni silenziose in riva al mare o nelle Latomie non riusciva a pensare con la lucidità necessaria per risolvere l'enigma. Rivide nella mente tutte le formule e i teoremi che aveva studiato e che riguardavano i pianeti.

Vicino alla prima delle tre maniglie bronzee vi era un'altra incisione nella pietra simile a quella esterna.

Archimede pensò a una riproposizione del primo congegno voluta da Doriteo per facilitare i Custodi e tastò l'interno della fessura. Di nuovo una sagoma circolare incontrò la levigatezza del suo dito indice; stavolta nella rientranza artificiale vi era incisa una figura in rilievo. Toccò e ritoccò le linee incise nella pietra fino a figurarsi nella mente una figura familiare; un piccolo animale, l'animale sacro a Thot, un babbuino.

Vedendo Filolao chiudere gli occhi in preda a uno svenimento, Archimede si tolse dal collo l'amuleto di Conone e, liberatolo dal cordoncino, spinse la figura nella sagoma predisposta nella pietra.

All'improvviso sopra le ruote poste agli estremi due piccoli quadrati rientrarono e furono sostituiti da altri con incise le immagini del Sole a sinistra e della Luna a destra. Lo scenario dell'enigma era svelato, si trattava ora di trovare la formula necessaria a calcolare i numeri delle rotazioni delle maniglie.

Quale il rapporto numerico fra i 3? *Il Sole vale tre volte la Luna; sommati valgono la Stella di Thot...* La successione di Sole tre Luna, tuttavia, nella sua memoria suscitava un' eco lontana. Non era tra le formule studiate, tra le teorie astronomiche confermate o confutate. Non faceva parte del suo passato recente.

«Archimede, Doriteo e mio padre ti hanno lasciato un preciso messaggio spingendoti ad utilizzare i due amuleti. Pensa al vostro passato qui ad Alessandria, alla vostra amicizia, alla tua  vita. Tu eri il prossimo candidato a rivestire il delicato incarico di Sommo Custode della Camera di Thot, Archimede, per questo papà aveva inviato Doriteo a Siracusa».

Fileide per un attimo fermò le sue parole ricordando l'amico assassinato poi continuò «La guerra e quest'uomo gli hanno impedito di prepararti adeguatamente facendo ritorno con te ad Alessandria. Ti prego, fai presto, temo per la vita di Filolao».

Il suggerimento di Fileide si fece pian piano strada nella sua mente; Alessandria, la scuola di Conone, il Museo, la prima idea del planetario. Gli tornarono in mente alcuni momenti di quegli anni, i più belli della sua vita quando dopo la morte di suo padre si era recato nella città della Grande Biblioteca per studiare con Conone.

Nel suo cervello in quell'attimo accadde qualcosa; lo scosse una di quelle illuminazioni che da sempre lo portavano a risolvere gli enigmi più difficili e a trovare le dimostrazioni matematiche più semplici e logiche. *"EUREKA!" formulò la sua mente.*

Il padre. L'astronomo Fidia; era Fidia ad aver ipotizzato i rapporti fra i pianeti e le relazioni della loro potenza .

"Il Sole vale tre volte la Luna e insieme valgono quanto la stella Venere" amava ripetere il padre la sera quando da piccolo gli mostrava le stelle.

Fidia poi era solito sempre aggiungere una frase, guardando l'astro caro a Diana, : "La Luna è doppia, ricorda Archimede, ricorda sempre i due volti della Luna!".

Teofrasto aveva fatto sostituire nella regolazione delle ruote Venere con Thot in omaggio al dio della scrittura ma ecco la soluzione dell'enigma! Era il numero 2 l'origine dei rapporti di proporzione: alla Luna due rotazioni, al Sole spettavano sei giri ed alla Stella di Thot la somma dei due e non il prodotto. Archimede con decisione si rivolse alla ruota della Luna e la girò due volte, poi fece compiere velocemente sei rotazioni alla maniglia che aveva il simbolo del Sole, infine non sopportando ulteriormente la vista di Filolao abbandonato ormai da Soside sulla sabbia con una striscia di sangue che dal collo scendeva  a macchiare la tunica bianca si pose davanti al cerchio di Thot e lo ruotò otto volte. Uno scricchiolio dapprima sommesso poi sempre più forte uscì dalla pietra millenaria ma fu coperto da un pesante rumore di zoccoli di cavalli e grida che li investì alle spalle. Mentre la parete di sinistra arretrava provocando uno stridìo fastidioso e un tremendo clangore di metallo, giungeva un gruppo di soldati a cavallo con in testa il temibile Naja, riconoscibile dall'elmo verde-dorato che distingueva il capo delle Guardie della Biblioteca.

Tutti gli occhi erano fissi sui nuovi arrivati, solo Soside mosse un passo in avanti per entrare nel vano in penombra che si era aperto dietro il pesante pannello che si era ulteriormente spostato.

Un urlo squarciò l'aria all'improvviso; mentre Naja e i suoi soldati smontavano da cavallo Soside cadeva a terra ferito alla schiena da un pugnale che gli aveva toccato il cuore.

Dietro di lui si ergeva ora Filolao con l'arma ancora in mano e uno sguardo assassino, il braccio imprigionato nella morsa di una mano di Megarèo. Il traditore della Camera di Thot era ormai allo scoperto.

# CAPITOLO 17

Mentre l'attenzione di tutti era catturata dall'arrivo delle Guardie, gravido di conseguenze per Archimede e i suoi amici, Filolao, ormai libero dalla presa di Soside che iniziava l'avanzata verso la Camera di Thot, si era alzato silenziosamente da terra e lo aveva colpito alle spalle. Solo Megarèo aveva assistito alla scena e gesticolava freneticamente verso Daniele che, stravolto, guardava Filolao che fino a qualche momento prima sembrava in fin di vita.

Il suo colpo micidiale e vigliacco, tuttavia, mal si adattava al filosofo di cui aveva sentito narrare la bontà e gentilezza da Fileide. La fanciulla, ancora sorpresa per l'atto imprevedibile, guardò Filolao interrogandolo con gli occhi e stava per avvicinarsi a lui quando fu fermata da Archimede.

Soside, intanto, non si muoveva più. Era morto.

Le guardie di Naja li avevano circondati e Megarèo era stato subito attaccato da alcuni soldati. Ce n'erano voluti ben sei per atterrarlo e riuscire a legargli le mani dietro al schiena; ad un cenno del capo di Naja anche Daniele fu legato. Fileide rimaneva in silenzio, attorniata dai soldati che la conoscevano fin da bambina e che non ardivano nemmeno a sfiorarla. Naja, appena sceso da cavallo, si era congratulato con Filolao per la sua prontezza di riflessi e il segnale con la torcia che era riuscito a inviargli. Da tempo ipotizzavano che il rifugio dei libri "rubati" alla Biblioteca, dove venivano lasciate le copie, e di tanti altri oggetti preziosi potesse essere nella Piana di Giza ma avevano bisogno della mappa della Camera di Thot per scoprirlo e accedervi.

«Naja, te li consegno» disse Filolao senza alcun rimorso con voce glaciale, indicando Archimede, Fileide, Daniele e Megarèo..

Ecco l'assassino, ecco il "serpente" della Biblioteca; il vero volto di Filolao era infine venuto alla luce sotto gli occhi addolorati di Fileide. Archimede, l'aveva già capito da tempo, perché il traditore conosceva troppo bene le abitudini di Teofrasto e Filostrato e la permanenza nelle carceri gli aveva dato modo di scoprire il potere malefico della cantarella e il tossico del mamba verde. L'omicidio del disegnatore, poi, dimostrava che coloro che cercavano la Camera di Thot non si erano fermati, volevano la mappa a ogni costo.

Per Fileide  fu un nuovo dolore; ora comprendeva lo strano comportamento di Filolao al rientro dalle carceri di Alessandria, quella convalescenza estremamente lunga quegli sguardi strani. Lei aveva curato l'assassino del padre, lo aveva confortato, da sempre gli voleva bene ed era stata più volte in pensiero per lui, lui, che aveva ucciso i suoi amici per il potere!

Questo pensiero le riuscì più doloroso del fatto che Filolao e Naja avessero ormai accesso al Tesoro della Camera per il quale suo padre aveva lottato così a lungo, per il quale era morto, che ora era lì, alla mercede di quegli uomini.

Archimede cercò di avvicinarsi ai suoi amici ma Naja lo afferrò per un braccio e disse «Tu verrai dentro con noi; potrebbe sempre esserci qualche altro enigma da risolvere o congegno da mettere in moto».

«Oh, Archimede, ti prego stai attento. Nell'ultimo periodo Doriteo stava sperimentando qualche meccanismo veramente pericoloso. L'ultima volta che l'ho visto ho dovuto curargli una profonda ustione alle mani» disse Fileide preoccupata ponendosi di fronte al vecchio sapiente e prendendolo per le braccia dopo essersi procurata un varco far i soldati-. «Non temere per me, piccola, la mia vita è al termine. Tu, invece, hai tutta la vita davanti. Sei in buone mani, penserà a te Daniele» aggiunse guardando il suo segretario con intenzione. Poi si girò verso il capo delle Guardie e continuò: «E tu, Naja, hai quello che volevi, lascia liberi i miei ragazzi. Fileide è benvoluta alla Biblioteca, come potrai giustificare il suo arresto? Vedi?- insistè Archimede vedendo che la fanciulla non era stata legata- Anche i tuoi soldati la rispettano!».

«Ci penserò quando usciremo dalla Stanza del Tesoro» rispose Naja.

Fileide piangendo riuscì a mettere nella mano di Archimede il suo portafortuna prima che Naja lo spingesse verso il vano sotterraneo.

Θ

L'ingresso era buio, a malapena si distingueva una fila di gradini che scendevano nel ventre della terra. Un lieve barlume di luce si intravedeva. Naja spingendo davanti a sé Archimede si inoltrò nel sotterraneo. Di fronte a loro si apriva un vasto ambiente illuminato da torce; al centro troneggiava un gigantesco planetario montato su piedistallo.

Dietro i bracci della macchina favolosa forgiata nell'oro che reggeva pianeti di turchese, agata e corniola si intravedeva una Sala con al centro dei lunghi tavoli.

Naja e Archimede giunsero per primi dinanzi all'immenso congegno; i pianeti si muovevano lentamente e la Terra di lapislazzulo ruotava piano compiendo anche un giro attorno al Sole.

Tre guardie della Biblioteca li seguirono.

Gli occhi di Archimede gioirono per la meravigliosa macchina progettata e realizzata da Doriteo; pur nella tristezza per il futuro ormai compromesso della Camera di Thot la sua mente di scienziato non poteva non ammirare il superbo congegno. Ora comprendeva l'esigenza di Doriteo di avere i disegni dei suoi planetari.

Mentre Archimede, in silenzio, procedeva oltre il planetario per osservarlo da un'altra angolazione ed entrare nella Sala Grande dove iniziava a intravedere migliaia di papiri accatastati, modellini meccanici di macchine e forme geometriche, Naja, abbagliato dalla lucentezza delle pietre preziose, si avvicinò a Marte, astro che era stato realizzato da un unico blocco di preziosissimo turchese del Nilo. Nel momento in cui lo toccò fermandone il movimento dal centro del planetario nacque un impressionate clangore.

Archimede, comprendendo solo in quell'attimo le parole di Fileide, si gettò per terra ma Naja e i soldati non ebbero scampo. Dardi velocissimi sfrecciarono da tutte le parti appena il gigantesco Sole si aprì in due emisferi colpendo in più punti il comandante delle Guardie e i suoi uomini che iniziarono a urlare contorcendosi per poi fermarsi all'improvviso rimanendo immobili.

Due soldati tentarono di proteggersi da quella pioggia letale sfoderando le corte spade; due dardi avvelenati deviarono e schizzarono verso l'alto.

Filolao, Fileide e Daniele, che erano rimasti fuori dall'apertura udirono dapprima  un rumore metallico potentissimo. Daniele si gettò su Fileide e fu velocissimo. Due dardi sfrecciarono fuori dall'apertura e colpirono Filolao, avvicinatosi all'uscio per vedere cosa stava accadendo, al collo e al petto.

La vendetta del Guardiano si era compiuta. Il serpente di Alessandria affogava nel suo sangue, pagando alla Sfinge, mostro alato, il fio delle sue colpe.

La sabbia sotto le zampe del gigante di pietra si tinse di nuovo di rosso offrendo il tributo che gli si doveva, un tributo di vite umane.

Tutti coloro che volevano violare i suoi segreti venivano uccisi, solo i Sacri e supremi custodi potevano avere l'ardire di avvicinarsi al mostro alato, guardiano eterno delle Piramidi.

Sotto l'impassibile Sfinge si stava consumando l'epilogo. La porta del vano sotterraneo si chiudeva sotto gli sguardi attoniti  del vicecomandante della Guardia Tanus,  di Fileide e Daniele e un altro pannello, più possente del primo, nasceva dalla pietra e murava per sempre il varco.

# CAPITOLO 18

Il sole tramontava dietro la Grande Piramide. Questa l'immagine che si presentò davanti agli occhi affaticati di Archimede all'uscita dalla Camera segreta.

Naja e i soldati erano morti fra orribili sofferenze. I dardi erano avvelenati. Dopo alcuni momenti di panico Archimede aveva ripreso la lucidità. Si era rialzato da terra, aveva controllato se qualcuno fosse rimasto ancora in vita. Poi aveva iniziato a guardarsi intorno.

Prima aveva perlustrato il vano principale notando che da alcune feritoie nascoste nella parte alta delle pareti proveniva dell'aria. Poi si era inoltrato nel lungo corridoio che dalla stanza principale portava ad un'altra sala dove vi erano ammassati migliaia di papiri. In ogni lato si aprivano altri tunnel ed alla fine di uno si intravedeva un chiarore che lo invitava a raggiungerlo. Consapevole del pericolo che correva di perdersi per sempre in quella che appariva un enorme palazzo sotterraneo, però, Archimede tornò davanti alla porta da cui era entrato. La chiave per rimettere in moto il gigantesco meccanismo di pietra era sotto il suo naso ma c'erano volute ore per capire. All'iniziale trauma per i morti che lo circondavano era seguita l'ammirazione per l'opera straordinaria dell'amico Doriteo. Il planetario che aveva costruito con le sue indicazioni era maestoso e meraviglioso. Le armi, però, che ne facevano parte, a lui erano sconosciute. Strinse forte in mano l'amuleto di Fileide, il suo e la pedina della pesseia che lo avevano liberato dalla prigionia e da una morte terribile. L'amuleto di Conone era stato espulso dal meccanismo ed era rotolato in un piccolo foro posto alla sinistra della porta così come quello di Doriteo. Li prese e li baciò insieme all'altro amuleto. Fileide lo aveva salvato mettendogli in mano il piccolo oggetto da cui non si sarebbe mai separata, l'ultimo dono di Teofrasto. Ora Archimede capiva il perché. L'ingranaggio dall'interno poteva aprirsi solo per i Custodi e unicamente un ingegnere avrebbe potuto progettarlo e costruirlo in un modo così arguto. Dopo aver esplorato tutta la stanza Archimede si era avvicinato al muro scorrevole che lo separava dal mondo esterno. Nella parte alta del bordo della parete a sinistra vi era un piccolo cerchio in rilievo. Era bastato inserire l'amuleto e spingere per far riaprire la porta.

Era fuori dal vano sotterraneo, ormai, ma poteva rientraci in qualsiasi momento. Morto Teofrasto, morto Doriteo, nessuno era a conoscenza dei meccanismi di apertura e chiusura della porta. *Era diventato il Supremo Custode, pensò Archimede, l'unico a poter decidere cosa fare del Tesoro.*

Nella mano sinistra Archimede stringeva un rotolo di papiro, nella destra i tre piccoli oggetti. Li guardò per un attimo poi  si mise in cammino; era solo, ancora in pericolo ma era vivo. Con un ultimo sguardo al sole morente ed alla parete che si era richiusa silenziosamente si avviò sotto lo sguardo  misterioso della Sfinge.

'Ω

«Archimede!».

Sentendosi chiamare il vecchio siracusano si girò.

L'amico Dositeo di Pelusio gli stava andando incontro. Archimede non aveva la forza di parlare; si lasciò abbracciare dall'amico. Dietro Dositeo vide un carro nascosto sotto la sporgenza della Sfinge e due schiavi nubiani.

«Come stai? Mio fratello era sicuro che ci saresti riuscito» Dositeo tenne stretto l'amico all'inizio poi lo allontanò da sé per guardarlo in viso. Uno schiavo nubiano porse dell'acqua ad Archimede in una coppa di vetro finemente cesellato e lo fece accomodare su un sedile di legno e canapa da viaggio. L'uomo era visibilmente provato.

«Dositeo.Come sono felice di vederti».

«Abbiamo sempre avuto grande fiducia in te, Archimede. Teofrasto ti ha scelto come Supremo Custode della Camera di Thot prima di morire. Anche Doriteo era sicuro che avresti interpretato la mappa e scoperto il meccanismo per uscire. Doriteo è rimasto a Siracusa?Perché non è con te?» mentre poneva le domande Dositeo già comprese quale terribile risposta l'amico stava per dargli. Archimede faceva fatica a guardarlo.

«Doriteo è stato ucciso...al posto mio». Pronunciate queste parole Archimede si strinse forte le mani continuando a guardare per terra. Dositeo lo abbracciò piangendo.

Dopo qualche minuto si riscosse. «Dobbiamo andare hanno preso i miei schiavi. Fileide è prigioniera. Non so quali siano le intenzioni di Eratostene e se si tratterrà dal farle del male. Non lo riconosco più. Fileide anche sotto tortura non può dirgli nulla. Lei non sa nulla. Dositeo, dobbiamo salvare la figlia di Teofrasto. A tutti i costi» disse il siracusano che stava riprendendo le forze.

«Archimede, Fileide non è figlia di Teofrasto. E' tua figlia».

Dopo questa sconvolgente dichiarazione Dositeo riprese tra le sue le mani quelle di Archimede.

«Tanti anni fa, la penultima volta che sei venuto ad Alessandria amasti Akylina. Lei rimase gravida. Non volle dirti nulla. Tu non volevi restare, volevi tornare a Siracusa. Mi ricordo quando Akylina ti supplicò di rimanere con noi ad Alessandria. Poi Akylina morì di parto. Allora suo fratello, Teofrasto, prese con sé la bimba, intelligentissima come te. Te la ricordi che quando era piccola veniva sempre da te?E tu componevi per lei quelle strane canzoncine numeriche». Dositeo raccontava queste vicende ma il suo pensiero era ancora per suo fratello. Calde lacrime gli scorrevano sulle gote.

«Andiamo. Torniamo subito ad Alessandria. Dobbiamo salvare Fileide» disse Dositeo alzandosi e notando il papiro stretto fra le mani dell'amico. Lo prese. Era la mappa di un percorso. Iniziava dalla Sfinge e passava per luoghi geografici segnati da calcoli e formule. Alla fine del serpentone vi era scritto un nome "Alexandros".

L'amico era come pietrificato, in realtà la sua mente stava ripercorrendo a velocità massima la sua vita ad Alessandria, i suoi momenti d'amore con Akylina. Teofrasto era stato più di un amico. Era stato anche un padre per sua figlia.

Archimede si alzò. Guardò negli occhi Dositeo.

«Andiamo a salvare mia figlia» disse e si avviò con passo deciso verso il carro.

# CAPITOLO 19

«Prendetevi cura dello schiavo, portatelo dal guaritore» ordinò Tanus a due soldati appena giunti nei quartieri della Biblioteca.

Il viaggio da Giza era stato lungo e si era svolto nel silenzio più totale. La ragazza aveva pianto tutto il tempo, lo scriba si era trincerato nel silenzio più assoluto. Lo schiavo aveva più volte cercato di liberarsi ma così i lacci avevano segnato i polsi quasi fino all'osso.

Era un uomo forte e giovane, sarebbe stato molto utile.

Dopo aver dato ordini di rinchiudere Fileide, la figlia del saggio Teofrasto, nella sua stanza e sorvegliarla e di mettere al sicuro lo scriba in un altro locale da cui non poteva fuggire, Tanus, preoccupato si recò all'udienza.

Eratostene attendeva spiegazioni.

Il Sovrintendente della Biblioteca lo attendeva nel suo studio, seduto su un alto sedile dietro un tavolo gigantesco.

Tanus gli riferì tutto quello che era accaduto, senza tralasciare alcun particolare. Eratostene era anziano ma molto lucido.

«Comandante! Lei è sicuro che non è possibile che Archimede o altri siano usciti vivi dal vano sotterraneo?»

Tanus rimase interdetto dal titolo acquisito ma d'altronde, morto Naja, se lo aspettava.

«Saggio Eratostene, abbiamo atteso più di un'ora accanto al basamento cercando rumori e perlustrandolo tutto intorno. Sono certo, il vecchio è morto e l'apertura è chiusa da mura gigantesche».

Eratostene rifletteva girando un bastoncino di legno fra le sue mani nodose. Tanus era in ginocchio al centro della stanza e sudava copiosamente. Il vecchio riusciva sempre a metterlo a disagio.

«Bene. In base a quanto raccontato da Filolao, i sapienti coinvolti a questo punto sono tutti morti tranne uno; Dositeo di Pelusio. Fallo cercare. Tempo fa ha chiesto il permesso ed è partito per l'Oriente. Informati se è tornato. In tal caso lo voglio qui, in catene» concluse perentoriamente Erastostene.

Tanus si alzò.

«Che ne facciamo dello scriba e della ragazza?»

«La ragazza potrà esserci utile, è molto brava nella traduzione e nell'uso dei codici. Teofrasto vantava sempre la sua abilità. Lo scriba, invece, allontaniamolo. Fallo partire con la delegazione che va nell'Oasi di Siwa».

«Saggio Eratostene, sarà fatto». Tanus con deferenza rivolse il suo saluto all'anziano Sovrintendente e si allontanò.

Ô

Quando Tanus si presentò negli appartamenti di Dositeo, il saggio filosofo e Archimede avevano già fatto ritorno ad Alessandria e concordato un piano. In quei due giorni Archimede si era tuffato nei ricordi, nella storia d'amore con Akylina che aveva troncato prima della sua partenza per Siracusa. Erano passati quasi sei lustri, da allora.

Mai nessuno si era impadronito del suo cuore come Akylina. Intelligente, bellissima come la figlia; amava disegnare e dipingere. Si era illustrata i suoi appartamenti come se fossero un Paradiso terrestre. Suo fratello Teofrasto la proteggeva come se fosse un fiore delicato.

Archimede ne era stato stregato. Mai avrebbe pensato di soffrire per amore ma quando aveva dovuto scegliere se rientrare in patria da Gelone o rimanere in Egitto il cuore gli si era spezzato a metà. Aveva giurato di non innamorarsi più. Akylina non poteva né voleva seguirlo. L'Egitto ed Alessandria erano il suo mondo. Ma...

*Lei non gli aveva detto di essere gravida. Forse, pensò Archimede, se l'avesse saputo sarebbe rimasto con lei.*

Dietro gli occhi gli si presentò l'immagine circonfusa di luce, come in un sogno, di se stesso e Fileide, tanti anni prima. Quella bambolina con i capelli lisci dal primo momento era riuscita a smuovere qualcosa dentro di lui. Si inteneriva a guardarla, la prendeva spesso in braccio, l'aveva persino fatta mettere a cavalluccio sulle sue spalle. Mai a Siracusa si era intrattenuto in questi giochi con i pargoli della Casa Reale.

Era il sangue che lo chiamava.

La rabbia e la preoccupazione lo pervasero facendolo girare nella stanza in cui si trovava richiuso, al sicuro come una trottola. Archimede era ad Aspenda da Ctesibio.

Era stata una magnifica sorpresa ritrovare l'amico, che tutti credevano morto. Ctesibio, in realtà, per indole era molto lontano dall'autoritarismo di Eratostene e nell'ultimo periodo era entrato in rotta anche con Teofrasto per la questione della Camera di Thot. Rimaneva membro dell'Ordine dei Custodi ma solo perché amava la conoscenza oltre ogni limite. Non gli piacevano, però, gli inganni. Era vecchio e voleva vivere tranquillo gli ultimi anni sviluppando alcune sue idee che per molti erano impossibili da realizzare.

In Oriente aveva sviluppato una particolare conoscenza e stava applicando alcuni processi per costruire automi. Animali e piccoli uomini che si muovevano da soli.

A chiunque capitasse di passare davanti alla sua casa quel vecchietto grassottello, con candidi capelli  e occhi cerulei sarebbe sembrato inoffensivo.

Lo si vedeva spesso sulla soglia di casa in un piccolo porticato mangiare fichi, uva, frutta secca, sporcandosi tutto. Un pasticcione, un po' bislacco, a detta dei vicini. Invece, nella stanzetta nascosta nel punto più lontano dall'uscio di casa, si trovava un vano pieno di disegni, rotoli e strumenti di precisione.

Archimede con Dositeo erano alloggiati in una piccola casupola vicina a Ctesibio. Non erano soli perché li,al ritorno dalla Piana di Giza,  Archimede aveva trovato il motivo del lungo viaggio di Dositeo di Pelusio.

Seduto a leggere un rotolo di papiro alla luce di una torcia stava un uomo minuto, dalle fattezze orientali, con i capelli lunghi sul collo.

Filone di Bisanzio.

Archimede ne aveva tanto sentito parlare ma era la prima volta che lo incontrava. Era stato allievo di Ctesibio, di cui continuava gli studi di pneumatica e ottica. Era lui l'ultimo scienziato che Teofrasto aveva pensato di includere tra i Custodi della Camera di Thot.

La mattina dopo Filone fu informato da Dositeo della situazione pericolosa che si era creata. Ctesibio, invitato ad unirsi a loro, si mostrò pessimista sulla liberazione di Fileide e degli schiavi, conosceva molto bene il brutto carattere di Eratostene.

Filone di Bisanzio, tuttavia, poteva essere molto utile ad Archimede. Da tempo Eratostene apprezzava i suoi studi e il suo lavoro sulla pneumatica.

# CAPITOLO 20

Erano passati tre giorni dalla morte di Archimede. Fileide giaceva nel suo letto. Avevano cercato di consolarla gli altri dipendenti della Biblioteca, che le guardie facevano entrare contro il volere di Tanus. Archestrato era stato più volte da lei per convincerla a mangiare, almeno. Le aveva anche mandato la sua schiava di sempre, Neja, per sollevarle l'animo.

Aveva saputo da Archestrato che Daniele e Megareo erano stati inclusi in una spedizione che si recava a Siwa. Un sacerdote, tra i più importanti della corte di Tolomeo, si recava in visita al Santuario recando doni. In cambio, pare, avrebbe ricevuto dalla Casta di sacerdoti e religiosi dell'oasi alcuni recipienti pieni di papiri rinvenuti mesi prima nel deserto vicino al Santuario.

La morte di Archimede e poi la separazione da Daniele l'avevano sopraffatta.

Una guardia aprì l'uscio.

«Seguimi da Eratostene» disse.

Fileide si alzò, si riavviò i capelli con un fine pettine d'osso e si recò dal Sovrintendente con lo sguardo di una condannata a morte.

Nella studio di Eratostene trovò il vecchio Sovrintendente seduto dietro a un gigantesco tavolo. In piedi sulla sinistra del vano enorme, pieno di recipienti da cui spuntavano papiri, dove ogni nicchia del muro era riempita di vasi da cui fuoriuscivano documenti di ogni tipo, vide Dositeo con un altro uomo, che non conosceva.

Dietro di lei rimase il soldato. Accanto a Dositeo, Tanus e un altro soldato, ancora.

Si gettò fra le braccia di Dositeo che la guardò con attenzione per rassicurarsi delle sue condizioni.

Il soldato la riprese per le braccia e la separò dal vecchio.

«Dunque, sei rimasto solo tu» rimarcò con un ghigno quasi cattivo Eratostene.

«Sì. Sono rimasto solo io» rispose Dositeo.

« Fileide è un innocente. Ti supplico, Eratostene. Lasciala libera. La famiglia di Archestrato la prenderà con sé. Se vuoi tenere un ostaggio, prendi me. Sono rimasto solo, ormai. Anche Doriteo è morto. La mia vita è la filosofia e il sapere. Rimango qui alla Biblioteca. Come testimone ho portato con me il mio amico, Filone» aggiunse.

«Filone, Filone di Bisanzio?» chiese interessato Eratostene.

«In persona. Eratostene, non vedevo l'ora di conoscerti. I tuoi studi astronomici non hanno eguali in tutto il mondo conosciuto» rispose l'uomo.

Eratostene si accorse dello sguardo sincero dell'altro scienziato. Era sempre contento di circondarsi di sapienti con cui confrontarsi.

La decisione iniziale vacillò. Doveva liberarsi di Dositeo ma non voleva indisporre Filone. Sarebbe stato contento se fosse rimasto per un po' ad Alessandria.

Fileide non era un pericolo. L'aveva fatta spiare durante quei giorni da un foro realizzato nella parete della sua stanza e ricoperto da una tenda; uno schiavo gli aveva riportato tutte le conversazioni sostenute con Archestrato, i dipendenti della Biblioteca, le serve. La ragazza non sapeva nulla di come riaprire la Camera Segreta di Thot, era convinta della morte di tutti i suoi amici e anche di Dositeo.

Non sarebbe servito a nulla tenere alla Biblioteca una persona che lo odiava perché era responsabile della morte del padre. Ma di Dositeo, era sicuro?

*Un passo alla volta, pensò Eratostene.*

«Filone, sarei onorato se rimanessi mio ospite per qualche tempo. Abbiamo tanti argomenti di cui discutere» disse conciliante Eratostene.

«Sono io ad essere onorato, resto con piacere. Prima, però, esaudisci il desiderio del mio amico Dositeo, o saggio Eratostene».

Come concordato con Dositeo, infatti, lo scienziato aggiunse. «Fuori dal portone della Biblioteca due miei schiavi aspettano la ragazza per accompagnarla nel quartiere dell'Eptastadio, dalla famiglia di Archestrato, come già ti ha chiesto Dositeo. Permettimi di accompagnarla alla porta.»

Eratostene fece un cenno di assenso. Tanus si piazzò accanto a Dositeo. Fileide lo abbracciò, preoccupata per la sua incolumità, e seguì l'altro saggio.

Archestrato la attendeva all'ingresso con una grossa sacca.

Fuori due servi ad attenderla e la sua serva Neja.

«Ti ho portato le tue cose. Mia moglie ti aspetta» disse Archestrato abbracciandola. «Fai attenzione ai fichi che ti ho preparato» aggiunse mostrandole degli involti di foglie di palma verde ripiegata tante volte fino a diventare della dimensione di due grandi mani.

Le fece un occhiolino e la spinse fuori. Filone la salutò rassicurandola. Tutta sarebbe andato bene.

Fileide si incamminò. Giunta a casa di Archestrato, entro nell'uscio principale ma subito fu accompagnata nel retro; su un pontile la attendeva una snella imbarcazione. Salì e trovò ad attenderla una figura completamente avvolta in un mantello con un copricapo a forma di turbante. Davanti al viso teneva con una mano due strani oggetti scuri a forma di cerchio, due lenti, e guardava verso l'alto.

Le lenti si spostarono verso il basso e Fileide riconobbe Archimede. Finì fra le sue braccia.

Archimede strinse la figlia a sé. C'era tempo per le spiegazioni.

Il proprietario della barca si staccò dal pontile usando una pertica e si avviò verso il centro del Porto.

# EPILOGO

Dositeo il giorno dopo ebbe da Archestrato, di nascosto, la notizia del ricongiungimento di padre e figlia. Ne fu felice.

Eratostene era talmente preso dalla compagnia di Filone che non badava a lui. Era Tanus che ogni tanto veniva a controllare la sua presenza nella sala delle consultazioni.

Per Eratostene i custodi dell'Ordine di Thot erano tutti defunti e la Camera segreta chiusa per sempre. Non c'era più il pericolo che qualcuno minasse il suo potere o attentasse al patrimonio immenso della Biblioteca. Questo pensava Eratostene.

Dositeo fece un sorriso.

Eratostene non sapeva che il Supremo Custode, l'ultimo, era vivo.

Si sfiorò il medaglione di Thot che ancora dondolava sul suo petto.

Archimede stava recandosi a Siwa a riprendersi Daniele e Megarèo.

Poi sarebbe tornato.

# Ringraziamenti

I ringraziamenti vanno a tutti coloro che mi hanno sostenuto in questa "avventura di penna" e *in primis* alla mia famiglia, a mio marito e a mio figlio per il tempo che sottraggo a loro. Ringraziamenti speciali vanno agli amici che mi hanno aiutato in questa rievocazione di Archimede dal punto di vista storico, archeologico, filologico come Giancarlo Germanà e Nello Amato. Grazie a Mario Geymonat, per aver creduto nel mio Archimede. Grazie a Nino D'angelo e Arianna Vinci per il supporto, a Carmelo La Ferla per il disegno della mappa  e ad Alessandra Gallia per l'immagine di copertina.

# INDICE

Finito di stampare nel mese di Settembre 2015
per conto di Youcanprint *Self-Publishing*